瑞蘭國際

活用文法之
韓文寫作 初級

中國文化大學韓國語文學系教授

鄭潤道、鍾長志　合著

한국어 문법을
활용한 쓰기 ─ 초급

作者序

　　이 책은 특별히 대만 학습자를 위한 외국어로서의 한국어 쓰기 초•중급 과정을 위해 저술된 것이다. 이와 유사한 목적으로 쓴 책들이 없는 것은 아니지만, 이 책은 해외 한국어교육 현장마다의 특수성에 따른 실용성을 좀더 고려하였다는 점에서 기존의 책들과는 성격이 조금 다르다고 하겠다.

　　바로 한국어와는 달리 고립어인 중국어가 모어인 대만인 학습자들에게 한국어 문형을 어떻게 잘 인식시켜 쓰기를 통해서도 자기 의사를 한국어답게 표현해 낼 수 있을까 하는 것을 염두에 두고 쓴 책이다. 동시에 비록 개별 언어마다 의미를 표현하는 문법 구조는 제각기 다르더라도 결국 그 의미의 표현은 '언제, 어디서, 무엇을, 어떻게, 왜, 하다'라는 기본 요소에서 크게 벗어나지 않음도 염두에 두었다. 이 책은 보편적 언어가 표현하는 기본 내용을 한국어 쓰기로는 어떻게 표현해야 하는지를 염두에 두어 한국어 기본 문형을 통해 정확하고 체계적이면서도 쉽게 익혀 나가도록 구성되었다. 대만 학습자들에게 한국어다운 쓰기 표현 능력이 보다 증진되기 바라는 마음을 담아 출판하게 되었다.

鄭潤道

陽明山華岡　2017　端午

韓語學習人數近年不斷攀升，這點從參加韓檢人數以及選修韓語課程、甚至是高中第二外語的韓語班都能發現。而學習韓語的目的也從前幾年的哈韓逐漸轉為工作需求或培養專長。實際在台灣使用韓語時，讀寫的技能重於聽說。蒐集資訊時，首重閱讀能力；而與韓方溝通或撰寫報告時，首重寫作。市面上有許多韓語教材多數強調聽說，但閱讀寫作部分鮮有作品，尤其寫作書籍更是寥寥無幾，因此本套教材即以此為目標進行撰寫。

　　本教材分為〈初級〉、〈進階〉兩冊，〈初級〉鎖定韓語初、中級程度，著重句型結構的訓練；而〈進階〉則鎖定韓語中、高級程度，著重各種文法的強化與寫作上的技巧。本書為〈初級〉教材，針對初、中級學習者，循序漸進說明各種句子結構。除了基本句型以外，也說明搭配各種成分的衍生句型，藉以讓學習者豐富表現。此外，再依據場教學經驗，點出學習者容易出現的問題，期以讓學習者打好寫作基礎。

鍾長志
文化大學 2017 端午

This work was supported by Academy of Korean Studies (KSPS)
Grant funded by the Korean Government (MOE) (AKS-2010-CAA-2015)

如何使用本書

《活用文法之韓文寫作〈初級〉》是第一本針對國內韓語學習者的寫作學習專書，全書以「概論篇」和「句型篇」為主軸，內容循序漸進，使用方法如下：

PART I　概論篇

本篇共有6個單元，先帶您認識「韓語的形態」與「韓文的創制」，再更進一步教您了解「字、語、詞、句」的組成架構，每個單元結束後另有「內容回顧」，引領您複習所學內容。

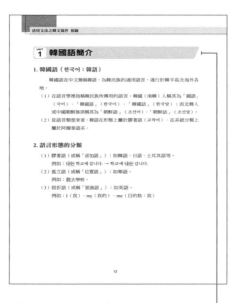

┤韓國語簡介├

介紹韓語、以及韓語在語言形態中屬於哪一種類別，讓您進一步認識韓語！

┤韓國文字簡介├

說明「韓文」（한글）一詞的由來，並告訴您韓文的創制過程、以及韓文在世界上被廣泛學習的程度，讓您詳細了解韓語發展！

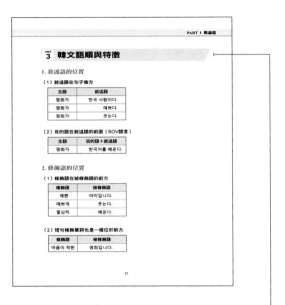

韓文語順與特徵

針對韓文文法結構還有語順特徵做詳盡解說，讓您掌握語句特性！

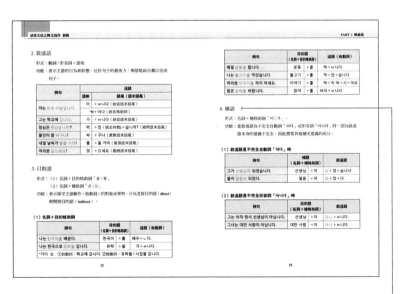

韓文基本句的成分

——說明組成韓文基本句型的5種成分，還有其各自的作用，讓您靈活運用各類句型！

韓文句子單位與成分

解說組成韓文句子的9個文法單位,以及5大類句型結構,讓您透徹學習句型結構!

依據詞性的句子分寫

運用句子中詞語成分的不同,說明韓文句子在依據詞性組成時,會依照語節為單位進行分寫,讓您學完之後,能更完整表達句意!

PART II 句型篇

　　本篇共有15個單元，以「六何原則」分類，分別為：「誰」、「何物」、「何時」、「何地」、「為何」、「如何」，帶您學習韓語的「基本句型」。最後還利用「寫作練習」，讓您整體複習！

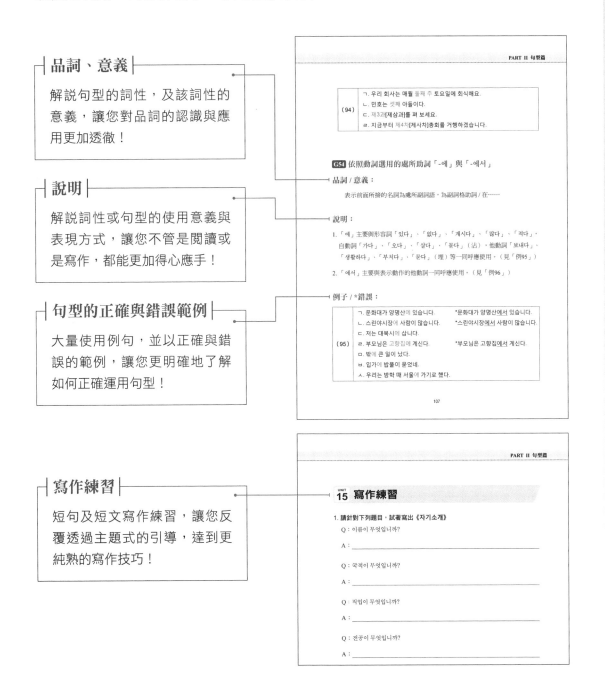

品詞、意義

解説句型的詞性，及該詞性的意義，讓您對品詞的認識與應用更加透徹！

說明

解説詞性或句型的使用意義與表現方式，讓您不管是閱讀或是寫作，都能更加得心應手！

句型的正確與錯誤範例

大量使用例句，並以正確與錯誤的範例，讓您更明確地了解如何正確運用句型！

寫作練習

短句及短文寫作練習，讓您反覆透過主題式的引導，達到更純熟的寫作技巧！

目次

PART I

概論篇

UNIT 1 韓國語簡介

1. 韓國語（한국어；韓語）

韓國語在中文簡稱韓語，為韓民族的通用語言，通行於韓半島及海外各地。

（1）在語言學裡指稱韓民族所傳用的語言。韓國（南韓）人稱其為「國語」（국어）、「韓國語」（한국어）、「韓國話」（한국말）；而北韓人或中國朝鮮族則稱其為「朝鮮語」（조선어）、「朝鮮話」（조선말）。

（2）從語言類型來看，韓語在形態上屬於膠著語（교착어）、在系統分類上屬於阿爾泰語系。

2. 語言形態的分類

（1）膠著語（或稱「添加語」）：如韓語、日語、土耳其語等。

例如：나는 학교에 갑니다. → 학교에 나는 갑니다.

（2）孤立語（或稱「位置語」）：如華語。

例如：我去學校。

（3）屈折語（或稱「屈曲語」）：如英語。

例如：I（我）、my（我的）、me（目的格：我）

內容回顧

1. 哪些人對於韓語有什麼樣的稱呼？

2. 台灣人如何稱呼韓國語？

3. 請將「中國文化大學韓國語文學系」寫成韓文。

4. 韓語在語言形態分類上屬哪一種？

5. 韓語在系統上屬於哪一種語族？

6. 如同韓語在單詞上加添文法要素的語言稱為什麼？

7. 中文的每個字都有獨立意義，並且依據位置不同決定文法功能，此種語言稱為什麼？

8. 英語隨著排列使用的功能不同有不同的形態，另如我為（I），但當作所有格時則為（my），當目的語時則為（me），有這種特質的語言稱為什麼？

UNIT 2 韓國文字簡介

　　「한글」（韓文）一詞是由周時經（주시경）先生所命名，是韓文的正式名稱。「한글」的「한-」是韓國的固有詞，也就是所謂的純韓語，有著「大」、「正」、「唯一」的意思。「한글」則象徵「最好的文字」，也是代表「韓民族的唯一文字」，對韓國人來說具有「完美的文字」的意思。

　　韓文的創制於1443年，韓文的原名為《訓民正音》（훈민정음），這是由世宗大王在1446年以《訓民正音》頒布韓文字而來。「訓民正音」的意思為「教育老百姓書寫文字」（백성을 가르치는 바른 소리）。用簡單易學的拼音方法，讓平民也能學會使用文字傳遞訊息。《訓民正音》是韓文最早期的名稱，簡稱為「正音」（정음）。根據《訓民正音》（解例本；해례본），可以查證到韓文的創制原理。基本子音依照發音的器官，將其文字化；基本母音則以「·」為「天」、「一」為「地」、「ㅣ」為「人」，代表著「天地人合一」，其他的字母依據5個基本子音與3個基本母音延伸而來。1527年語文學家崔世珍（최세진）出版的《訓蒙字會》（훈몽자회）（3卷1冊，1527），為一部學習漢字的書籍，共收錄3360個漢字，主要是以韓文來解釋漢字，例如：

國：訓나라　音국

　　韓文字母的名稱（例如：기역、니은……）也從此書開始使用。早期朝鮮時代知識分子輕視《訓民正音》，將其視為通俗文字，並稱其為「언문」（諺文），認為它是一種簡易文字，甚至鄙視為女人家或小朋友使用的文字「엄클」（有「女人家的文字」之意）。1894年之後，把韓文稱為「朝鮮文字」、「國文」，朝鮮官方政府第一次對外介紹其為韓國人的文字。「한글」一詞的由來已不可考，現今的看法是1913年周時經第一次提出「한글」之後，便開始普遍的延用至今。1928年朝鮮語研究會把「가갸날」（原「韓文日」的韓文）更名為「한글날」（韓文日），「한글」隨即成為正式代表韓國的文字。

　　韓文為表音文字，字母簡單易學，除了韓民族外，2009年印尼少數民族也將他們的語言以韓文來書寫。此外韓文也為文化遺產，不過聯合國教科文組織（UNESCO）世界文化遺產委員會並不是以「한글」作為遺產來登記，而是登記《訓民正音》（解例本；해례본）這本文獻。

內容回顧

1. 韓國語文字的正式名稱為何？

2. 「한글」一名是由誰所命名？

3. 「한글」的名稱意義為何？

4. 「한글」的「한」意義為何？

5. 「한글」在何時由誰所創制？

6. 「한글」在何時頒布並開始使用？

7. 「한글날」是什麼時候？

8. 與「한글」相關，目前登錄於聯合國教科文組織世界文化遺產委員會的文獻為何？

9. 「한글」字母的名稱是由誰在哪一本書中使用的？

10. 請寫出「한글」子音的名稱。

子音	ㄱ	ㄴ	ㄷ	ㄹ	ㅁ
名稱	기역				
子音	ㅂ	ㅅ	ㅇ	ㅈ	ㅊ
名稱					
子音	ㅋ	ㅌ	ㅍ	ㅎ	
名稱					
子音	ㄲ	ㄸ	ㅃ	ㅆ	ㅉ
名稱					

11. 請寫出「한글」母音的名稱。

母音	ㅏ	ㅓ	ㅗ	ㅜ	ㅡ
名稱	아				
母音	ㅣ	ㅐ	ㅔ	ㅚ	ㅟ
名稱					
母音	ㅑ	ㅕ	ㅛ	ㅠ	ㅢ
名稱					
母音	ㅒ	ㅖ	ㅘ	ㅝ	ㅙ
名稱					
母音	ㅞ				
名稱					

UNIT 3 韓文語順與特徵

1. 敘述語的位置

（1）敘述語在句子後方

主語	敘述語
영희가	한국 사람이다.
영희가	예쁘다.
영희가	웃는다.

（2）目的語在敘述語的前面（SOV語言）

主語	目的語＋敘述語
영희가	한국어를 배운다.

2. 修飾語的位置

（1）修飾語在被修飾語的前方

修飾語	被修飾語
예쁜	아이입니다.
예쁘게	웃는다.
열심히	배운다.

（2）短句修飾單詞也是一樣位於前方

修飾語	被修飾語
마음이 착한	영희입니다.

3. 文法要素位於後方

（1）助詞或語尾等文法要素，緊接於具有實質意義的體言或用言之後

實辭（名詞）＋虛辭（助詞）	實辭（動詞／形容詞）＋虛辭（語尾）
제가(저＋가)	대학생입니다.(대학생＋이＋ㅂ니다)
예쁜(예쁘＋ㄴ)	아이입니다.(아이＋이＋ㅂ니다)
식사를(식사＋를)	하십니다.(하＋시＋ㅂ니다)
날씨가(날씨＋가)	좋겠습니다.(좋＋겠＋습니다)

（2）英文與中文為前置詞語言，韓語為後置詞語言

實辭（名詞）＋虛辭（助詞）	實辭（動詞／形容詞）＋虛辭（語尾）
학교에(학교＋에)	갑니다.(가＋ㅂ니다)
학교에서(학교＋에서)	공부했습니다.(공부하＋였＋습니다)
전철로(전철＋로)	가겠습니다.(가＋겠＋습니다)
식후에(식후＋에)	먹으세요.(먹＋으시＋어요)

4. 語順

（1）具有助詞的韓語在語序上較為自由，但基本遵守敘述語在句子後方，目的語在敘述語前方的原則

例1：사자가 호랑이를 잡았다.
　　　主語　　目的語　敘述語

호랑이를 사자가 잡았다.
目的語　　主語　敘述語

例2：나는 점심에 학교에서 커피를 마셨다.
　　　主語　　副詞語　　　目的語　敘述語

점심에 나는 커피를 학교에서 마셨다.
副詞語 主語 目的語　副詞語　敘述語

나는 커피를 학교에서 점심에 마셨다.
主語　目的語　　副詞語　　敘述語

例3：나는 어제 영희에게 편지를 보냈다.

　　　　主語　副詞語　間接目的語　直接目的語　　敘述語
　　　　　　　　　　　　（I.O）　　（I.D）

영희에게 편지를 어제 내가 보냈다.

　　　　目的語　　　　副詞語　主語　敘述語

（2）意義較大的部分，具有位於前方的語順特性

例：중화민국 타이베이시 양명산 화강로 55호

55, Yang-Ming-Shan, Hwa-Kang Road, Taipei, Taiwan 11114, R.O.C.

5. 主語的省略

（1）韓語經常省略主語

(제가) 내일 전화를 하겠습니다.　　　　　　（我）明天會打電話給您。

(우리) 학교에 갈까요?　　　　　　　　　　（我們）一起去學校好不好呢？

(우리) 점심을 먹읍시다!　　　　　　　　　（我們）一起吃中餐吧！

(당신은) 내일 학교를 가십니까?　　　　　　（您）明天去學校嗎？

（2）有時省略主語反而更為自然

(당신은)　　　　　안녕하세요?　　　　　　（您）好嗎？

(당신은)　　　　　안녕히 가세요!　　　　　請（您）慢走！

(당신은)　　　　　안녕히 계세요!　　　　　請（您）留步！

(나는 당신에게)　 감사합니다!　　　　　　（我）謝謝（您）！

(당신은)　　　　　무엇을 좋아하세요?　　　請問（您）喜歡哪個？

(당신은)　　　　　누구(이)세요?　　　　　（您）是哪位？

(여러분)　　　　　자리에 앉으십시오!　　　（大家）請就坐！

內容回顧

1. 韓語的敘述語位於句子的哪裡？

2. 韓語的目的語與敘述語的位置有何關係？

3. 請將「我是韓國人」依照韓語的語順進行排列。

4. 將具有實質意義的「나, 한국, 사람, 이다」，以及表示文法意義的「이 / 가, -ㅂ니다 / 습니다」進行正確排列，造出正確的韓語句子。

5. 請將「나는 밥을 먹으러 식당에 갑니다.」這個句子的意義，依照韓語的語順，使用其他方法進行變化排列。

6. 請將文化大學的住址依照韓國的方式寫出韓文住址。

7. 在哪種情況之下，省略掉韓語的主語與目的語，會顯得更自然？

UNIT 4 韓文基本句的成分

1. 主語

形式：名詞＋主格助詞「이 / 가」，或名詞＋補助詞「은 / 는」。

功能：表示句子中動作或狀態的主體。

① 1人稱	
내가 대만 사람이다.	나＋가→내가
제가 왔어요.	저＋가→제가
우리는 대만 사람입니다.	우리＋는
② 2人稱	
네가 한 것이야?	너＋가→네가
(당신이) 진유유 씨입니까?	당신＋이
③ 3人稱	
그는 한국 사람입니다.	그＋는
그녀가 그렇게 말했어요?	그녀＋가
저분이 정교수님입니다.	저분＋이
그녀는 수다장이에요.	그녀＋는
저 사람이 누구입니까?	저 사람＋이

2. 敘述語

形式：動詞 / 形容詞＋語尾

功能：表示主語的行為和狀態，位於句子的最後方，與語尾結合藉以完成
句子。

例句	敘述語	
	語幹	語尾（語末語尾）
저는 한국 사람입니다.	이	＋ㅂ니다（敘述語末語尾）
	*N＋이다（敘述格助詞）	
그는 학교에 갑니다.	가	＋ㅂ니다（敘述語末語尾）
점심은 먹었습니까?	먹	＋었（過去時態）＋습니까（疑問語末語尾）
물건이 참 싸구나!	싸	＋구나（感歎語末語尾）
내일 날씨가 좋을 거야!	좋	＋을 거야（推測語末語尾）
여러분 앉으세요!	앉	＋으세요（勸誘語末語尾）

3. 目的語

形式：（1）名詞＋目的格助詞「을 / 를」

（2）名詞＋補助詞「은 / 는」

功能：表示接受主語動作（他動詞）的對象或事物，分為直接目的語（direct
object, D.O.）與間接目的語（indirect object, I.O.）。

（1）名詞＋目的格助詞

例句	目的語 （名詞＋目的格助詞）		敘述語（他動詞）
나는 한국어를 배운다.	한국어	＋를	배우＋ㄴ다
나는 한국으로 유학을 갑니다.	유학	＋을	가＋ㅂ니다
*가다 去　①自動詞：학교에 갑니다. ②他動詞：유학을 / 시집을 갑니다.			

例句	目的語 （名詞＋目的格助詞）		敘述語（他動詞）
매일 운동을 합니다.	운동	＋을	하＋ㅂ니다
나는 불고기를 먹었습니다.	불고기	＋를	먹＋었＋습니다
여러분 이야기를 하지 마세요.	이야기	＋를	하＋지 마＋시＋어요
많은 참여를 바랍니다.	참여	＋를	바라＋ㅂ니다

4. 補語

形式：名詞＋補格助詞「이 / 가」。

功能：當敘述語為不完全自動詞「되다」或形容詞「아니다」時，因為敘述語本身的意義不完全，因此需要其他補充意義的成分。

（1）敘述語是不完全自動詞「되다」時

例句	補語 （名詞＋補格助詞）		敘述語
그가 선생님이 되었습니다.	선생님	＋이	되＋었＋습니다
물이 얼음이 되었다.	얼음	＋이	되＋었＋다

（2）敘述語是不完全形容詞「아니다」時

例句	目的語 （名詞＋補格助詞）		敘述語
그는 아직 정식 선생님이 아닙니다.	선생님	＋이	아니＋ㅂ니다
그녀는 대만 사람이 아닙니다.	대만 사람	＋이	아니＋ㅂ니다

5. 副詞語

形式：（1）獨立副詞
      （2）名詞＋副詞格助詞「에」（時間）、「에／에서」（地方）、
        「(으)로」（資格、手段、原因）、「와／과」（對象）
      （3）名／形容詞＋副詞形轉成語尾「-히」、「-게」／接詞「-이」
功能：修飾動詞或形容詞，或者修飾其他副詞所修飾的單詞或語節。

（1）獨立副詞

例句	副詞語	敘述語
내일 선생님을 만나요.	내일（時間副詞）	만나＋아요.
날씨가 아주 좋지요?	아주（程度副詞）	좋＋지요?
두 사람은 가끔 만나요.	가끔（頻度副詞）	만나＋아요.

（2）名詞＋副詞格助詞

例句	副詞語		敘述語
어머니와 전화했어요.	어머니	＋와（表與格）	전화하＋였＋어요.
우리집에 놀러 오세요.	우리집	＋에（表處所）	오＋시＋어요.
아침에 오세요.	아침	＋에（表時間）	오＋시＋어요.
비에 옷이 젖었어요.	비	＋에（表原因）	젖＋었＋어요.
귤은 백 원에 세 개예요.	백 원	＋에（表基準）	세 개＋이＋에요
교환 학생으로 왔어요.	교환학생	＋으로（表資格）	오＋았＋어요.
버스로 왔어요.	버스	＋로（表交通工具）	오＋았＋어요.
백방으로 알아봤어요.	백방	＋으로（表方法）	알아보＋았＋어요.

（3）名／形容詞＋副詞形轉成語尾／接詞

例句	副詞語		敘述語
안녕히 계세요.	안녕	＋히	계시＋어요
기차가 빠르게 달려요.	빠르	＋게	달리＋어요
돈을 많이 법니다.	많	＋이	벌＋ㅂ니다
교회에 같이 다녀요.	같	＋이	다니＋어요

6. 冠形語

形式：（1）冠形詞

（2）名詞＋冠形格助詞「의」

（3）動詞／形容詞＋冠形詞形語尾「-ㄴ／는／ㄹ」等。

功能：修飾體言

（1）冠形詞

例句	冠形語	名詞
이 아이는 제 동생입니다.	이（指示冠形詞）	아이
콜라 한 병을 주세요!	한（數冠形詞）	병
무슨 음식을 드시겠습니까?	무슨（疑問冠形詞）	음식
인간은 사회적 동물입니다.	사회적（性質冠形詞）	동물

（2）名詞＋冠形格助詞

例句	冠形語		名詞
서울은 나의 고향입니다.	나	＋의	고향
*代名詞「저、나、너」加上冠形格助詞「의」後，縮減成「제、내、네」。			

（3）名 / 動 / 形容詞＋冠形詞形轉成語尾

例句	冠形語		敘述語
그녀는 예쁜 눈을 갖고 있다.	예쁘	＋ㄴ	눈
제가 다녔던 문화대입니다.	다니	＋었＋던	문화대
제가 다닌 문화대입니다.	다니	＋ㄴ	문화대
제가 다니는 문화대입니다.	다니	＋는	문화대
제가 다닐 문화대입니다.	다니	＋ㄹ	문화대

內容回顧

1. 請說明韓語基本句的概念。

2. 請介紹韓語基本句的成分。

3. 請比較韓語與中文的基本句成分。

UNIT 5 韓文句子單位與成分

◎組成韓語句子的文法單位

1. 形態素

● 文法單位當中，具有意義的最小單位。

（1）①自立形態素：體言（名詞屬性的詞類）

②依存形態素：助詞、用言（形容詞／動詞）的語幹與語尾

（2）①實質形態素／語彙形態素：體言（名詞屬性的詞類）、用言的語幹

②形式形態素／文法形態素：助詞、語尾

例句	철수가 영희를 좋아합니다.	코끼리는 코가 길다.
自立形態素	철수、영희	코끼리、코
依存形態素	가、를、좋아하-、-ㅂ니다	는、가、길-、-다
實質形態素	철수、영희、좋아하-	코끼리、코、길-
形式形態素	가、를、-ㅂ니다	는、가、-다

2. 單語

● 可獨立分離出來並使用的語言單位。

（1）具有獨立意義的語意性單語：體言、用言、副詞

（2）具有文法屬性的文法性單語：助詞、依存名詞

例句	철수가 영희를 좋아합니다.	코끼리는 코가 길다.
語意性單語	철수、영희、좋아하다	코끼리、코、길다
文法性單語	가、를	는、가

3. 語節

- 句子成分的最小單位，也為分寫空格的單位。

철수가V영희를V좋아합니다.	코끼리는V코가V길다.
철수가、영희를、좋아합니다	코끼리는、코가、길다

4. 句

- 非主述關係，由2個以上的單語所形成的結構。
- 有名詞句、動詞句、形容詞句、冠形詞句、以及副詞句等。

例句：철수가 예쁜 영희를 아주 좋아합니다. 코끼리는 코가 매우 길다.
　　　　　（名詞句）　　　　（動詞句）　　　　　　　　（形容詞句）

5. 節

- 句子當中具有「主語＋敘述語」結構的成分，不具獨立性，如同單語一樣在句子中被使用。

例句：코끼리는 코가 매우 길다.
　　　　　　　　（敘述語節）

6. 文章

- 使用話語表現想法與感觸，最小的完整意義單位，也就是中文所說的「句子」。原則上必須具有主語以及敘述語，但在文脈或語境的配合下，也可部分省略。在書面上，文章的終結部分標「.」、「？」、「！」等符號。

例句：철수가 예쁜 영희를 아주 좋아합니다.

　　　코끼리는 코가 매우 길다.

　　　안녕하세요?

　　　조용히 공부하십시오!

◎韓文文章(句子)的基本文型結構

韓文基本文型（文章類型：句子類型）依據敘述語的種類分成以下5種：

類型	主語	「이다」敘述語
第一類型	主語	名詞＋敘述助詞「이다」
	이것이	책입니다.
	저는	문화대 학생입니다.
第二類型	主語	形容詞敘述語
	날씨가	좋다.
	영희는	예쁘다.
第三類型	主語	自動詞敘述語
	꽃이	핀다.
	수업이	끝났다.
第四類型	主語	目的語＋他動詞敘述語
	영희가	한국어를 배웁니다.
	선생님이	수업을 끝냈습니다.
	철수는	영희를 좋아합니다.
	철수는	영희에게 사과를 주었습니다.
第五類型	主語	補語＋「되다 / 아니다」敘述語
	얼음이	물이 된다.
	그가	의사가 되었다.
	그가	한국 사람이 아니다.

1. 助詞種類

（1）格助詞

格助詞添加在體言（具有體言功能）後方，表示在句中相對於其他成分的資格。

有主格助詞、目的格助詞、冠形格助詞、副詞格助詞、呼格助詞等。

①主格助詞：「이／가」、「께서」、「서」

- 添加在體言後，表示該部分為句子主語的格助詞。

- 「이／가」為正式的主格助詞，而表示尊敬時可用「께서」。

- 句子的主體為機關團體時，使用「에서」。

- 表示有關數量的主語特殊用詞時，使用「서」。（見「例1」）

（1）	ㄱ. 정선생님이 한국 사람이다. ㄴ. 할머니께서 영희 집에 오셨다. ㄷ. 영순이가 우리집에 왔다. *영순가 우리 집에 왔다. ㄹ. 학교에서 기말성적표를 보냈다. *학교가 기말성적표를 보냈다. ㅁ. 나는 학교에서（副詞格助詞）기말성적표를 받았다. ㅂ. 학생 셋이서（세 명이서）나를 찾아 왔었다.

②目的格助詞

- 又名受格助詞，表示體言為敘述語的作用對象，即標記出動作目的語的格助詞。

- 直接目的語使用「을／를」。（見「例2」）

（2）	ㄱ. 나는 아침에 샌드위치를 먹었다. ㄴ. 나는 한국어를 배운다. ㄷ. 나는 김수현을 좋아한다.

③冠形格助詞

- 接於體言後方，使該體言成為冠形語，藉以修飾或限定後方體言的性質、狀態、行動等。

- 冠形格助詞有「의」。

- 冠形格助詞的特殊用法與誤用如下：

ㄱ. 나의 꿈은 한국에 가는 것이다. → 내 꿈은 한국에 가는 것이다.

「내」如同「제」（저＋의）、「네」（너＋의），為「나＋의」的縮寫形態。

ㄴ. 우리의 소망은 통일이다. → 우리 소망은 통일이다.

＊우리에 소망은 통일이다.

「名詞＋의」所形成的冠形語，其冠形格助詞「의」大多可省略。

ㄷ. 버스가 영희의 앞에 멈춰 섰다. → 버스가 영희 앞에 멈춰 섰다.

韓語當中顯示方向的方位詞「앞」、「뒤」、「위」、「아래」、「가운데」等，因為前方必須有冠形語，因此冠形格助詞「의」一樣可省略。

ㄹ. 영희는 버스가 오자 버스(의) 앞으로 다가갔다.

→ 영희는 버스가 오자 그 앞으로 다가갔다.

＊영희는 버스가 오자 그의 앞으로 다가갔다.

這裡的「그」為指示代名詞（이／그／저），指稱前面出現的「버스」。指示代名詞本身就是冠形語，可以直接修飾後方的體言（名詞性質的詞類），因此不需要再使用「의」。

ㅁ. 커피 석 잔을 마셨다. ＊석 잔의 커피를 마셨다.

目的語前方使用數詞，這樣的表現並非自然正確的韓文。

ㅂ. *그곳은 신비의 세계이다. → 그곳은 신비한 세계이다.

可以使用用言來敘述的內容，使用「의」的冠形結構來表現，同樣不是正確的韓語句子表現方式。

（2）補助詞

①添加於名詞（體言）、副詞與部分語尾，表現出特定語法意義的助詞。

②例如有「은/는、도、나、만、마저、조차」等。

（3）接續助詞

①又名「連結助詞」，將兩個單語對等連接的助詞。

②有「와/과、하고、랑/이랑」等。

內容回顧

1. 前面內容當中，韓文基本句的種類是以什麼區分？

2. 請介紹以敘述語所分類的文型種類。

3. 請正確理解形態素、單語、語節、句、節、句子等概念。

4. 請理解韓語助詞的功能。

5. 請理解韓語助詞種類以及用法。

UNIT 6 依據詞性的句子分寫

1. 體言與用言

（1）韓文當中單語分為體言與用言。

（2）體言有名詞、代名詞、數詞等，主要為句子的主體，體言後方添加助詞。

（3）用言是指形容詞與動詞，主要是敘述主體狀態或動作的詞類。用言可在語幹上加上表現尊敬、時制、意志等語尾。

2. 依據品詞所進行的分寫

（1）韓文的單語分成九品詞（九種詞類之義）

形態	功能	性質（意義）
無形態變化	體言（체언）	名詞（명사）
		代名詞（대명사）
		數詞（수사）
	修飾言（수식언）	冠形詞（관형사）
		副詞（부사）
	關係言（관계언）	助詞（조사）
	獨立言（독립언）	感嘆詞（감탄사）
形態變化	用言（용언）	動詞（동사）
		形容詞（형용사）
		「이(다)」（敘述格助詞）

（2）在韓文寫作時依照句子成分的最小單位，也就是利用語節為單位進行分寫。

（3）在分寫時，助詞必須緊貼體言（名詞屬性的詞），其中注意敘述格助詞「이다」雖可活用，但其屬性為助詞，所以也需緊貼前面的體言。另外依存名詞則必須分寫。

나는 한국 사람입니다. *나는 한국사람 입니다.

나는 한국의 모든 것을 좋아합니다. *나는 한국의 모든것을 좋아 합니다.

內容回顧

請思考下列句子中單詞的詞類，試著進行分寫。

어느욕심많은개한마리가고깃덩어리를구해입에물고집으로돌아오는길에다리를건너게되었습니다.

	어	느		욕	심										

개는다리를건너면서밑을내려다보고깜짝놀랐습니다.물속에도자기와똑같은고깃덩어리를입에문개가자기를쳐다보고있었기때문이었습니다.

"옳지,저놈이물고있는고깃덩어리도빼앗아야지."

	"	옳	지	,		저	놈								

이렇게생각한개는물속의개를깜짝놀라게할작정으로크게짖었습니다.

그순간입에물고있던고깃덩어리는냇물속으로떨어져그대로떠내려가고말았습니다.

memo

PART II
句型篇

UNIT 1 韓文基本句型與六何原則

G1 何謂「基本句型」

所謂的「基本句型」就是形成句子時，句子裡必要成分的幾種形態。基本句型與寫作時所需的文法有緊密的關係。

在寫作＜初級＞當中，我們先把使用冠形詞、副詞修飾、限定的句子，或利用連結成分連結前後文的部分排除，先以基本單句的概念來進行寫作練習。

G2 決定句型基本成分的敘述語

人與人在表達心理想法（Parole）的時候，會透過社會約定俗成的文章或話語（Langue）來進行交流。因此我們可藉由別人的文章或語言來了解他的想法，也藉由相同方式來表達我們自身的感受與思緒。

這時作為媒介的語言或文字，必須依照各自的文法規律進行表現，這樣才易於溝通。無論何種語言，形成語句的型式都具有一定的慣用基本框架，這種語句的基本框架就叫做「基本句型」（韓文稱為「기본 문형」基本文型）。

韓文基本句型並非只有主述結構的單一句型，而是依據敘述語的特性，句子中可要求其他必要成分，例如有的句子需要目的語與補語才能在意義上完整。

因此雖然基本句型大致為「主語＋敘述語」或「主語＋目的語＋動詞」等結構，但實際上為了完整表現，在敘述語的部分常有特定的形容詞，或者具有呼應動詞的補語或相關副詞，藉以表現出完整意義。

G3 依據敘述語進行寫作的重要性

故本教材將著眼於主述關係所產生的基本句型，依據敘述語的動詞（他動詞、自動詞）、形容詞、「이다」等詞類所要求的必要成分，例如目的語與補語等，以這些成分為中心分為5種句型，藉以幫助學習者學習寫作技巧。

另外在說明韓語呼應成分的同時，也額外說明韓語中常與敘述語呼應的一些副詞語表現。

G4 溝通的重要性—六何原則

一個句子即便有主語與敘述語，也具有敘述語所要求的目的語與補語，但有時仍然無法表現完整的語意，我們還必須在句子上加入一些必要的資訊。每種語言不盡相同，但基本上一句話語的內容都必須符合「六何原則」來表現。

故在本書，我們先以前面所提過的5個基本句型為基礎，接著以六何原則為中心進行練習。

G5 韓語基本句型與六何原則表現

主語	who	누가（誰）	N＋이 / 가
目的語	what	무엇을（何物）	N＋을 / 를
副詞語	when	언제（何時）	N＋에
	where	어디서（何地）	N＋에 N＋에서
	why	왜（為何）	N＋때문에 A / V＋기 때문에 A / V＋아서 / 어서 / 여서
	how	어떻게（如何）	N＋(으)로 副詞 A / V＋게 / 이 / 히 / 리 / 기 A / V＋아서 / 어서 / 여서
敘述語	do	하다.	N＋이다. 形容詞 自動詞 他動詞

G6 韓語基本句型與六何原則

	主語	目的語	補語	敘述語
第一類型	누가 / 무엇이			무엇이다.（N＋이다）
	나는			대만 사람이다.
	봄은			계절이다.
第二類型	누가 / 무엇이			어떠하다.（形容詞）
	영희가			예쁘다.
	날씨가			따뜻하다.
	벚꽃이			아름답다.
第三類型	누가 / 무엇이			어떠한다.（自動詞）
	그가			간다.
	비가			온다.
	봄이			오다.
	수업이			끝났다.
第四類型	누가 / 무엇이	무엇을		어떠한다.
	나는	한국을		좋아한다.
	내가	한국어를		배운다.
	아이가	과일을		먹는다.
	선생님이	수업을		끝냈다.
	나는	지하철을		탄다.
第五類型	누가 / 무엇이		무엇이	되다 / 아니다.
	물이		얼음이	된다.
	그가		교수가	되다.
	오빠가		아빠가	되었다.
	내가		바보가	아니다.
	그는		군자가	아니다.

	누가（大主語）		무엇이（小主語）	어떠하다（形容詞）
其他呼應表現句型	그가		키가	크다.
	영희는		성격이	좋다.
	나는		마음이	아프다.
	누가 / 무엇이		무엇과（副詞語）	같다 / 다르다.
	그가		왕자와	같다.
	그녀는		꽃과	같다.
	소문은		실제와	다르다.
	현실은		꿈과	다르다.
	누가	무엇을（目的語）	무엇으로（副詞語）	삼다 / 여기다.
	그는	나를	동생으로	삼았다.
	내가	그를	친구로	여긴다.
	그 사람은	술을	물로	여긴다.
	그녀는	토마토를	과일로	안다.
	누가（主語）	무엇을（目的語）	무엇이라고（副詞語）	부른다 / 일컫는다.
	내가	김수현 씨를	오빠라고	부른다.
	대만 사람은	손문 선생을	국부라고	일컫는다.
	대만 사람은	양배추를	고려배추라고	부른다.

UNIT 2 당신은 누구입니까? 您是哪位？ 저는 대만 사람입니다. 我是台灣人。

G7 句型：主語＋敍述格助詞敍述語 / 누가 누구이다.

主語	敍述語（名詞＋이다）	
누가	누구	이다.
동생이	초등학생	이다.
저는	대학생	입니다.
아버지는	회사원	이십니다.
할머니께서	간호사	이셨습니다.
그 사람은	한국어과 선배	입니다.
이분은	우리 교수님	이십니다.
혜미는	외국 학생	이다.
혜영이가	기숙사 룸메이트	이다.
정 교수님은	한국 사람	입니다.
오 교수님은	대만 사람	입니다.
나 혼자서	남학생	입니다.
우리 둘이서	문화대 학생	입니다.
문화대학은	예쁜 대학교	이다.

G8 單詞（自我介紹相關）

1. 國籍（국적）

ㄱ : 국적이 무엇입니까?　　ㄴ : 한국입니다.

ㄱ : 어느 나라 사람입니까?　　ㄴ : 한국 사람입니다.

대만	台灣	몽고	蒙古
중국	中國	미국	美國
일본	日本	캐나다	加拿大
홍콩	香港	터키	土耳其
마카오	澳門	독일	德國
말레시아	馬來西亞	영국	英國
인도네시아	印尼	프랑스	法國
싱가포르	新加坡	러시아	俄羅斯
인도	印度	호주	澳洲
월남(베트남)	越南	뉴질랜드	紐西蘭

2. 姓名（이름）

ㄱ : 이름이 무엇입니까?

ㄴ : 주혜미입니다. / 주혜미라고 합니다. / 영희입니다. /

영숙이입니다. → *영숙입니다.

ㄱ : 신청서에 성명을 써 주세요.

부모님 성함으로 써 주세요.

ㄴ : 네, 알겠습니다.

44

3. 職業（직업）

ㄱ : 직업이 무엇입니까? / 무슨 일을 하십니까? / 어떤 일에 종사하십니까?

ㄴ : 대학생입니다.

학생	學生	노동자	工人
대학생	大學生	농부	農夫
고등학생	高中生	어부	漁夫
중학생	國中生	광부	礦工
초등학생	小學生	가정주부	家庭主婦
선생님	老師	전업주부	全職家庭主婦
대학 교수	大學教授	보모	保姆
회사원	上班族	은행원	銀行員
의사	醫生	공무원	公務員
간호원	護士	택시기사	計程車司機
군인	軍人	판매원	銷售員
기업인	商人、企業人士	엔지니어	工程師
변호사	律師	회계사	會計師
기술자	技職人事	가게주인	商店老闆

4. 性別（성별）

스티븐은 남자입니다.

마리코는 여자입니다.

남자	男生	여자	女生

5. 關係 (관계)

ㄱ : 그분은 누구이십니까?

ㄴ : 우리 교수님입니다.

어머니	母親	여자 / 남자 친구	女 / 男朋友
아버지	父親	학교 친구	學校朋友
할아버지	祖父	(학)과 친구	同系同學
할머니	祖母	반 친구	同班同學
삼촌	叔叔	서클 / 동아리 친구	社團朋友
이모	阿姨	동내 친구	鄰里朋友
아저씨	大叔	선배	學長姐
아주머니	大嬸	후배	學弟妹
오빠 / 형	哥哥 / 兄	선생님	老師
언니 / 누나	姐姐	교수님	教授
막내	老么	학생	學生
여동생	妹妹	사장님	老闆
남동생	弟弟	직원	員工
장남 / 장녀	長男 / 長女	회사 동료	公司同事
차남 / 차녀	次子 / 次女	군대 동기	軍隊同梯

6. 興趣與專長（취미와 특기）

ㄱ : 취미가 무엇입니까?

ㄴ : 음악 감상입니다.

음악 감상	聽音樂	자전거 하이킹	單車騎遊
영화 감상	看電影	미식	美食
독서	閱讀	요리	料理
운동	運動	회화	繪畫
농구	籃球	TV보기	看電視
배구	排球	담소	談笑、說笑
탁구	乒乓球	컴퓨터게임	電腦遊戲
야구	棒球	노래 부르기	歌唱
수영	游泳	서예	書法
테니스	網球	무용	跳舞
당구	撞球	K-POP MV댄스	K-POP MV舞蹈
등산	登山	여행	旅遊
산보	散步	쇼핑	購物
조깅	慢跑	한국어 배우기	學習韓語

G9 主語

說明：

1. 主語扮演句子的主體，大部分的主語都出現在句子前方，但偶爾順序會有變動。韓文與中文不同，句子中擔任主語的體言（名詞屬性的詞），其後方必須添加主格助詞。

2. 標示出主語的主格助詞有「이 / 가」、「께서」、「에서」、「서」。其中「이 / 가」為一般使用的形態，當前面體言最後一字沒有尾音時加「가」，有尾音時加「이」。此外，當體言需要尊敬時使用「께서」，而使用「께서」時，在敘述語也必須加上表示尊敬的語尾「-시-」。（見「例1」）

3. 在特別情況下補助詞「은 / 는」可取代主格助詞，表示強調、對比等意義。（見「例2」）

4. 在口語會話或句子中，當可由前後文脈得知主語，並且不會混淆時，主語可以省略。（見「例3」）

例子 / *錯誤：

(1)	ㄱ. 정 교수님이 한국 사람이다.	*정 교수님가 한국 사람이다.
	ㄴ. 주혜미가 인도네시아 사람이다.	*주혜미이 인도네시아 사람이다.
	ㄷ. 할머니께서 오신다.	*할머니께서 온다.
	ㄹ. 할머님께서 오신다.	*할머님가 오신다.
	ㅁ. 한국 식당에서 알바생을 찾는다.	*한국 식당가 알바생을 찾는다.

(2)	ㄱ. 정 교수님은 한국 사람이다.	*정 교수님<u>는</u>…
		*정 교수님<u>가는</u>…
		*정 교수님<u>이는</u>…
	ㄴ. 혜미는 인도네시아 사람이다.	*혜미<u>은</u>…
		*혜미<u>이가</u>…
		*혜미<u>가는</u>…
		*혜미<u>이는</u>…
	ㄷ. 할머니께서 내일 오신다.	*할머<u>님께서</u> 내일 <u>온다</u>.

| (3) | ㄱ. 정 교수님(이) 계세요? |
| | ㄴ. (정 교수님이) 안 계세요. |

G10 「서」

品詞 / 意義 :

主格助詞 / 「혼자, 둘이, 셋이, 넷이, 다섯이, 여섯이, 일곱이, 여덟이, 아홉이, 열이, 열한 명이서…」等，表現人數且沒有尾音的體言後加上「서」，標示出主語的格助詞。（見「例4」）

例子 :

(4)	ㄱ. 아이 혼자서 집에 있다.
	ㄴ. 남자 친구와 나 둘이서 영화를 봤다.
	ㄷ. 내일 친구 셋이서 한국에 간다.
	ㄹ. 친구 열한 명이서 생일 파티를 하였다.

G11 「누구」

品詞 / 意義 :

1. 人稱代名詞（疑問代名詞） / 誰、何人或任何人。指稱不知姓名、關係等的陌生人，或未特定的疑問人稱代名詞。（見「例5」）

2. 除了主格助詞以外，也可與其他助詞結合。（見「例6」）

主格		目的格	所有格
누구＋가	누구＋는	누구＋를	누구＋의
누가 *누구가	누구는 → 누군	누구를 → 누굴	누구의 → 누구(의)

3. 누구＋敘述格助詞「이다」，可以進行語尾的活用。

   누구＋이＋ㅂ니까? → 누구입니까?

   누구＋이＋시＋ㅂ니까? → 누구이십니까?

4. 「누구」的複數形態為「누구누구」（誰和誰）：

   어제 누구누구가 모임에 나왔습니까?

   (당신은) 누구누구와 점심을 먹었습니까?

   (당신은) 누구누구와 친합니까?

   누구누구를 좋아합니까?

例子 / *錯誤：

(5)	ㄱ. 누가 문화대 학생입니까?	*<u>누구가</u> 문화대 학생입니까?
	ㄴ. 누가 그래요?	*<u>누구가</u> 그래요?
	ㄷ. 누가 계세요?	*<u>누구</u> 계세요?
	ㄹ. 누구는 자존심이 없습니까?	*<u>누군</u> 자존심을 없습니까?
	ㅁ. 누가 노래를 잘해요?	*<u>누구가</u> 노래를 잘해요?

(6)	ㄱ. 누구나 자존심이 있지요.	*<u>누구이나</u> 자존심<u>가</u> 있지요.
	ㄴ. 나는 누구 안 부러워요.	*<u>나는가</u> 누구도 안 부러워요.
	ㄷ. 누구를 좋아합니까? → 누굴 좋아합니까?	*<u>누구가</u> 좋아합니까?
	ㄹ. 누구의 전화입니까?	*<u>누구에</u> 전화입니까?
		*<u>누가</u> 전화입니까?
	ㅁ. 죄송해요. 누구인지 말할 수 없어요.	*<u>누군지</u> 말할수 없어요.
	ㅂ. 누구에게도 말하지 마십시오.	*<u>누구도</u> 말하지 마십시오.
	ㅅ. 누구와 같이 가요? → 누구랑 같이 가요?	*<u>누구과</u> 같이 가요?
		*<u>누구이랑</u> 같이 가요?
		*<u>누구고</u> 같이 가요?
	ㅇ. 누구(이)든지 다 괜찮아요.	*<u>누구던지</u> 다 괜찮아요.

G12 「제가」與「제」

品詞 / 意義 :

1. 「제가」: 저（人稱代名詞）＋가（主格助詞）/ 我

   「내가」: 나（人稱代名詞）＋가（主格助詞）/ 我

   「네가」: 너（人稱代名詞）＋가（主格助詞）/ 你

2. 「제」: 저（人稱代名詞）＋의（所有格助詞）/ 我的

   「내」: 나（人稱代名詞）＋의（所有格助詞）/ 我的

   「네」: 너（人稱代名詞）＋의（所有格助詞）/ 你的 （見「例7」）

（7）	ㄱ. 제가 선생님입니다.	*저가 선생님입니다.
		*제가 선생님 입니다.
	ㄴ. 저의 선생님입니다. → 제 선생님입니다.	*제가 선생님 입니다.
	ㄷ. 네가 선배이다.	*너가 선배이다.
		*니가 선배이다.
	ㄹ. 나의 후배이다. → 내 후배이다.	*나의 후배 이다.
		*네 후배이다.

參考 : 韓語人稱代名詞與助詞的組合

人稱代名詞 / 助詞	我 / 謙稱 나 / 저	你 / 尊稱 너 / 당신	他（她） 그(그녀)	我們 우리	你們 너희	他們（她們） 그들(그녀들)
主格助詞	내가 / 제가	네가 / 당신이	그(녀)가	우리가	너희가	그(녀)들이
所有格助詞	나의 / 저의	너의 / 당신의	그(녀)의	우리의	너희의	그(녀)들의
目的格助詞	나를 / 저를	너를 / 당신을	그(녀)를	우리를	너희를	그(녀)들을

G13 「누가」與「누구」

說明：

1.「누가」為「누구」（人稱代名詞）＋「가」（主格助詞）的縮寫語，用於
主語。（見「例8」）

2.「누구」則為人稱代名詞，除了使用於主語外，也可使用於目的語、敘述語
（與「이다」使用）等。（見「例9」）

例子 / *錯誤：

(8)	ㄱ. 누가 오셨어요?　　　　　　　　　*누구가 오셨어요? ㄴ. 누가 너한테 이걸 전해달래.

(9)	ㄱ. 누구는 언니가 예쁘다고 하고, 누구는 동생이 더 예쁘다고 한다. 　→ 누군 언니가 예쁘다고 하고, 누군 동생이 더 예쁘다고 한다. （主語） ㄴ. 누가 누구를 만났는지 알아요? 　→ 누가 누굴 만났는지 알아요? （目的語） ㄷ. 누구의 동생인가요? （冠形語） 　→ 누구(의) 동생인가요?　　　　　*누가 동생인가요? ㄹ. 저 사람이 누구입니까? （敘述語）　　*그가 누가입니까?

G14 「이다」與「아니다」

品詞 / 意義：

1. 이다：敘述格助詞 / 是……

2. 아니다：形容詞 / 不是……

說明：

1. 「이다」：通常用於表明肯定之意或敘述人、事、物等身分、屬性或名稱。其意為「是」，表示「是誰……」、「是什麼……」等。而不是則為「아니다」（不是）。

2. 韓文中「이다」為助詞，因其直接連接於名詞之後，而被稱為敘述格助詞。「이다」以「名詞＋이다」形態作為敘述語而將句子完成。並且「이다」也可接上語尾，如同「학생이다」、「학생입니다」、「학생이었습니다」、「학생이십니까?」等產生語尾變化。「이다」在語意上的反義詞為形容詞「아니다」，因其為形容詞，故不直接附於名詞之後，而需要補語來補充意義。「아니다」以「名詞＋이 / 가 아니다」形態作為敘述語來完成句子。（見「例10」）

3. 「이다」與「아니다」的分寫

나	는		대	만		사	람	이	다	.				
나	는		한	국		사	람	이		아	니	다	.	
이	것	은		사	과	이	다	.						
이	것	은		사	과	가		아	니	다	.			

4. 「이다」的「이」省略條件

　　當敘述語句為「名詞＋이다」時，如果符合下列2種條件，則敘述格助詞的「이」可省略，直接縮寫為「名詞＋다」。

（1）當名詞以母音結尾，且後方接敘述格語末語尾「-다」，以及接上連結語尾「-고」、「-니까」、「-며」、「-므로」、「-라고」、「-라도」、「-지-」等，此時可以省略。（見「例11」）

（2）但當接上冠形詞形語尾「-ㄴ」、「-ㄹ」，或者名詞轉成語尾「-ㅁ」、「-기」等時則不能省略。（見「例12」）

例子 / *錯誤：

（10）	ㄱ. 나는 대학생이다.	*나는 대학생_이다.
		*나는 대학생을 이다.
	ㄴ. 한국 사람이 아니다.	*한국 사람아니다.
		*한국 사람을 아니다.
	ㄷ. 이것은 연필이다.	*이것은 연필_이다.
		*이것은 연필을 이다.
	ㄹ. 이것은 사과가 아니다.	*이것은 사과아니다.

（11）	ㄱ. 그가 교수이다. → 그가 교수다.
	ㄴ. 나는 학생이다. *나는 학생다.
	ㄷ. 그는 교수이고 나는 학생이다. → 그는 교수고 나는 학생이다.
	ㄹ. 그가 교수이기 때문에 → 그가 교수기 때문에
	ㅁ. 그는 교수이니까 → 그는 교수니까
	ㅂ. 그는 교수이므로 → 그는 교수므로

(11)	ㅅ. 그는 교수이면서 총장이다. → 그는 교수면서 총장이다.
	ㅇ. 그는 조교이지 학생이 아니다. → 그는 조교지 학생이 아니다.
	ㅈ. 그는 누구인가요? → 그는 누군가요?
	ㅊ. 그것은 무엇인가요? → 그건 무언가요?
	ㅋ. 이곳이 어디인가요?　　　　*이곳이 어딘가요?
	ㅌ. 이것은 사과인가요?　　　　*이건 사관가요?
	ㅍ. 제가 정 교수님 조교입니다.　*제가 정 교수님 조굡니다.

(12)	ㄱ. 그는 교수이어서 → 그는 교수여서　　*그는 교수어서
	ㄴ. 개는 동물이다.　　　　　　　*개는 동물다.
	ㄷ. 교사인 그가 어떻게　　　　　*교산 그가 어떻게
	ㄹ. 그것은 나쁜 마음이다.　　　　*그것은 나쁜 마음다.
	ㅁ. 독도는 한국 땅이다.　　　　　*독도는 한국 땅다.
	ㅂ. 그가 교수일 것이다. → 그가 교수일 거다. *그가 교술 것이다.
	（限於口語省略）
	ㅅ. 그가 교수임을 생각해 참았다.　*그가 교슴을 생각해 참았다.
	*그가 교수믈 생각해 참았다.
	ㅇ. 그 꿈은 좋은 꿈이다.　　　　*그 꿈은 좋은 꿈다.
	ㅈ. 내 특기는 춤추기이다.　　　　*내 특기는 춤추기다.
	ㅊ. 영희의 상징은 상냥한 웃음이다.　*영희의 상징은 상냥한 웃음다.

G15 「누구이에요 / 누구예요」與「누구이어요 / 누구여요」

說明：

1. 依規定敘述格助詞「이다」與形容詞「아니다」的語幹後，可接「-에요」或「-어요」。（見「例13」、「例14」）

2. 有尾音的名詞後加上「-이에요 / 이어요」，不可縮減為「*-이예요」或「*-여요」。（見「例15」）

   母音＋「-이＋에요 / -이＋어요」或者母音＋「-예요 / -여요」

   子音＋「-이＋에요 / -이＋어요」，但*子音＋「-예요 / -여요」則為錯誤。

3. 然而如果名詞是人名時，則可以例外進行縮寫。

   영희＋이＋에요. → 영희예요. / 영희＋이＋어요. → 영희여요.

   영숙＋이＋이＋에요. → 영숙이예요. / 영숙＋이＋이＋어요. →영숙이여요.

例子 / *錯誤：

(13)	ㄱ. 누구이에요? → 누구예요?	*누구이예요?	
	ㄴ. 누구이어요? → 누구여요?	*누구에요?	
		*누구이여요?	

(14)	ㄱ. 아니에요. → 아녜요.	*아니예요.
	ㄴ. 아니어요. → 아녀요.	*아니여요.

(15)	ㄱ. 사과이에요. / 사과이어요. → 사과예요. / 사과여요.	
	ㄴ. 연필이에요. / 연필이어요.	*연필예요. *연필여요.
	ㄷ. 책이에요. / 책이어요.	*책예요.　　*책여요.

G16 「-ㅂ니까? / -습니까?」與「-ㅂ니다 / -습니다」

品詞：

1. 「-ㅂ니까? / -습니까?」：疑問語末語尾

2. 「-ㅂ니다. / -습니다.」：敘述語末語尾

說明：

1. 使用規則如下：

  （1）母音＋ㅂ니까? / ㅂ니다.

  입니다. 아닙니다. 갑니다. 옵니다. 예쁩니다. 좋아합니다.

  （2）子音＋습니까? / 습니다.

  있습니다. 없습니다. 먹습니다. 좋습니다. 아름답습니다.

2. 以尊敬謙虛的語氣說明（或詢問）現在動作或狀態的語末語尾。（見「例16」）

例子：

(16)	ㄱ. 이다 →	Q : (현재) 직업이 무엇입니까?	A : (현재) 대학생입니다.
	ㄴ. 가다 →	Q : (지금) 무엇을 합니까?	A : (지금) 집에서 쉽니다.
	ㄷ. 먹다 →	Q : (지금) 무엇을 합니까?	A : (지금) 식사를 합니다.
	ㄹ. 좋다 →	Q : (현재) 날씨가 어떻습니까?	A : (현재) 날씨가 좋습니다.
	ㅁ. 있다 →	Q : (현재) 직업이 있습니까?	A : (현재) 네, 있습니다.
	ㅂ. 없다 →	Q : (현재) 시간이 없습니까?	A : (현재) 시간이 없습니다.

G17 用言語幹與語尾

說明：

韓語的動詞與形容詞，在語幹後都有「-다」作為終結的基本形。（見「例17」）

例子 / *錯誤：

(17)	하다（基本形）：하（語幹）＋다（語尾）	
	ㄱ. 하＋ㅂ니까? → 합니까?	*하습니까?
	ㄴ. 하＋ㅂ니다. → 합니다.	*햅니다.
	ㄷ. 하＋ㄹ까요? → 할까요?	*할가요?
		*하을까요?
	ㄹ. 하＋시＋어요. → 하시어요. → 하셔요. → 하세요.	
		*하시여요.
		*하새요.
		*해시요.
		*해세요.
	ㅁ. 하＋여라! → 하여라! (해라!)	*하어라.
		*헤라.
		*해여라.
	ㅂ. 하＋여서 → 하여서 (해서)	*하아서
		*하어서
		*해여서
		*해에서

G18 加於主語的補助詞「은 / 는」、「도」、「만」

說明：

1. 韓文當中格助詞是表現各成分的文法關係，而補助詞則是強調說話者意圖與語感，必須正確使用助詞，他人才能正確了解話者或作者的意圖。

2. 透過下列例句可了解，補助詞「-은 / 는」、「-도」、「-만」所蘊含的意義都不相同。

   （1）「이 / 가」：單純敘述「是～」。

   　　내가 대학생이다. 我是大學生。（★）

   （2）「도」：其他人是，我也是。

   　　다른 사람도 대학생이다. 나도 대학생이다.（★ ★ ★ ★：★）

   （3）「은 / 는」：其他人是如何不曉得，但我是。

   　　다른 사람은 대학생인지 모르겠지만, 나는 대학생이다.（☆ ★ ☆ ★ ？：★）

   （4）「만」：其他人都不是，只有我是。（見「例18」）

   　　다른 사람은 대학생이 아니다. 나만 대학생이다.（☆ ☆ ☆ ☆：★）

例子 / *錯誤：

(18)	ㄱ. 정 교수가 한국 사람이다.　　*정 교수이가 한국사람 이다.
	（與別人是哪國人無關，鄭教授是韓國人。）
	ㄴ. 정 교수는 한국 사람이다.　　*정 교수은 한국 사람다.
	（別人有可能不是韓國人，但鄭教授是韓國人。）
	ㄷ. 정 교수도 한국 사람이다.　　*정 교수가도 한국 사람이다.
	（別人也是韓國人，鄭教授也是韓國人。）
	ㄹ. 정 교수만 한국 사람이다.　　*정 교수가만 한국 사람이다.
	（別人不是韓國人，只有鄭教授是韓國人。）

UNIT 3 이것이 무엇입니까? 這是什麼？
이것은 한국어 책입니다. 這是韓文書。

G19 句型：主語＋敘述格助詞敘述語：무엇이 무엇이다.

主語	敘述語（名詞＋이다）	
무엇이	무엇	이다
이것이	무엇	입니까?
그 과일은	망과	입니다.
이것은	전철 요요카드	입니다.
저곳이	스린야시장	입니다.
집이	어디	입니까?
저 산이	양명산	입니다.
저 학교가	중국문화대학교	입니다
제 핸드폰은	삼성핸드폰	입니다.
저곳은	우체국	입니다.
저 건물은	우리 기숙사	입니다.
그 옷들은	한국 옷들	입니다.
전화번호가	몇 번	입니까?

G20 物品名詞

1. 衣物類（의류）

ㄱ : 누구의 모자입니까?

ㄴ : 제 모자입니다.

옷	衣服	장갑	手套	운동복	運動裝
바지	褲子	모자	帽子	운동화	運動鞋
치마	裙子	손수건	手帕	구두	皮鞋
외투	外套	목도리	圍巾	슬리퍼	拖鞋
양말	襪子	조끼	背心	티셔츠	短袖、T恤

2. 食品類（음식）

ㄱ : 이것이 무엇입니까?

ㄴ : 커피입니다.

커피	咖啡	막걸리	馬格利酒	김밥	紫菜飯卷
홍차	紅茶	소주	燒酒	김치	泡菜
녹차	綠茶	빵	麵包	과일	水果
버블티	珍珠奶茶	케이크	蛋糕	사과	蘋果
우유	牛奶	과자	糕餅	배	梨子
코코아	可可	튀김	炸物	망고	芒果
맥주	啤酒	떡볶이	辣炒年糕	대추	紅棗
포도주	葡萄酒	순대	血腸	바나나	香蕉

귤	橘子	도시락	餐盒	자장면	炸醬麵
복숭아	桃子	술	酒	샤브샤브	涮涮鍋
수박	西瓜	비빔밥	拌飯	취두부	臭豆腐
망고	芒果	짬뽕	辣海鮮麵	초콜릿	巧克力
고구마	地瓜	만두	餃子	껌	口香糖
감자	馬鈴薯	팥죽	紅豆粥	사탕	糖果
햄버거	漢堡	빙수	刨冰	펑리쑤	鳳梨酥
치킨	雞（炸雞）	주스	果汁	아이스크림	冰淇淋

3. 居家用品（가구、목욕용품）

ㄱ : 이것이 무엇입니까?

ㄴ : 책상입니다.

책상	書桌	책장	書櫃	베개	枕頭
의자	椅子	방석	坐墊	소파	沙發
침대	床	이불	被子	신발장	鞋櫃
샴푸	洗髮精	화장수	化妝水	렌즈	隱形眼鏡
린스	潤髮乳	로션	乳液	식염수	食鹽水
비누	肥皂	썬크림	防曬乳	브러쉬	刷子
수건	毛巾	립스틱	唇膏	드라이기	吹風機
팩	面膜	볼터치	腮紅	트렁크	行李箱

4. 隨身物品、文具類（일용품、문방구）

ㄱ : 이것이 무엇입니까?

ㄴ : 물병입니다.

물병	水壺	샤프연필	自動鉛筆
보온병	保溫瓶	형광펜	螢光筆
핸드폰	手機	수정테이프	修正帶
스마트폰	智慧型手機	지우개	橡皮擦
가방	包包	메모지	便利貼
지갑	錢包	책	書
시계	時鐘	공책	筆記本
안경	眼鏡	은행카드	銀行卡
연필	鉛筆	교통카드	交通卡
색연필	彩色鉛筆（蠟筆）	요요카드	悠遊卡
볼펜	原子筆	수첩	筆記本
여권	護照	신분증	身分證
선글라스	太陽眼鏡	우산	雨傘
화장지	衛生紙	양산	洋傘

G21 主語與主格助詞

說明：

1. 主語為句子中敘述的主體，在體言後加上主格助詞「이／가」來形成。當體言的末音為子音時加上「이」，為母音時加「가」。（見「例19」）

2. 當主語可適用尊待表現時，則使用「께서」，同時敘述語的部分也使用具有尊敬意義的語尾「-(으)시-」，藉以前後呼應尊敬的語氣。（見「例20」）

3. 主語為團體性的無情名詞，例如機關或單位時，使用「에서」。（見「例21」）

4. 主語如果表現出數量時，在人數的後方加上接尾詞「-이」，再添加特殊格助詞「서」（見「例22」）。例如：혼자서、둘이서、셋이서、넷이서、다섯이서、여섯이서、일곱이서、아홉이서 열이서、열하나서、열둘이서……

例子／*錯誤：

（19）	ㄱ. 내가 학생이다.
	ㄴ. 벚꽃이 예쁘다.
	ㄷ. 벚꽃이 피었다.
	ㄹ. 영희가 한국어를 배운다.
	ㅁ. 오늘(이) 내 생일이다.
	ㅂ. 학생들이 그 선생님을 무서워한다.

（20）	ㄱ. 할머님께서 나를 부르신다. (부르＋시＋ㄴ다)
	ㄴ. 정 교수님께서 우리에게 발음을 가르치셨다. (가르치＋시＋었＋다)

（21）	ㄱ. 대북시에서 마라톤을 개최했다. 　*대북시가 마라톤을 개최했다. ㄴ. 문화대 한국어과에서 제36회 TOPIK을 주관했다. 　*문화대 한국어과가 제36회 TOPIK을 주관했다.

（22）	ㄱ. 나 혼자서 저녁밥을 먹었다. ㄴ. 친구 둘이서(두 명이서) 한국 여행을 떠났다. ㄷ. 친구들과 세 명이서(셋이서) 밥을 먹었다. ㄹ. 여학생 다섯과 남학생 여섯, 모두 열하나서 한국 여행을 갔다.

G22 多主語的表現

說明：

一個句子當中，當敘述語的主體有2個或以上時，可呈現出多主語的表現。（雙主語、複數主語）。（見「例23」）

例子：

（23）	ㄱ. 벌과 나비가 날아 다닌다. ㄴ. 소, 돼지, 닭, 오리, 거위가 모두 죽었다. ㄷ. 영희, 그 학생이 그 소식을 알려 왔다. ㄹ. 날마다 시험, 시험이 골치거리이다. ㅁ. 홍차, 녹차, 버블티 등 음료수가 맛있다. ㅂ. 고양이랑 개는 사이가 나쁘다. ㅅ. 대만 대추하고 망고는 맛있다. ㅇ. 우리(가) 넷이서 그 일을 해 냈다.

G23 「무엇」

品詞 / 意義：

疑問指示代名詞 / 什麼；何物

1. 指稱不知道的事實或事物時，使用的疑問指示代名詞。「何物、何事」之意。（見「例24」）

2. 指稱不特定的對象或不需具名的對象，使用的指示代名詞。「任何⋯⋯之類」之意，相似語有「무어」。（見「例24」、「例25」）

3. 如同「무어니 무어니 해도 (→뭐니 뭐니 해도) 우리 팀이 최고야!」一樣，組成一個慣用語句。（見「例25」）

例子 / *錯誤：

(24)	ㄱ. 이 과일의 이름은 무엇입니까? *이과일에 이름은 무엇입니까? ㄴ. 무엇을 주문하시겠습니까? *무어를 주문 하겠십니까? ㄷ. 이렇게 좋은 날 무엇을 걱정하십니까? *무어를 걱정하십니까? ㄹ. 한국에서 선물로 무엇을 (→ 무얼 → 뭘) 사 올까? *멀 사 올까? ㅁ. 요즘 무어가 (→ 뭐가) 그렇게 바빠요?

(25)	ㄱ. 배가 고파서 무엇이라도 (무어라도 → 뭐라도) 좀 먹고 싶어요. ㄴ. 노력하지 않고 놀기만 하면 무엇이 (무어가 → 뭐가) 나와? ㄷ. 옷 속에 무엇이 (무어가 → 뭐가) 있는 것 같아. *옷속에 머가 있는... ㄹ. 기가 차서 무엇이라고 (무어라고 → 뭐라고) 할 말이 없다.

G24 「이」、「그」、「저」

品詞／意義：

指示冠形詞／這、那、那

說明：

1. 이：離說話者近，或指稱說話者所想的對象。

   그：離聽話者近，或指稱聽話者所想的對象。

   저：指稱離說話者與聽話者都遠的對象時使用。（見「例26」）

2. 이：指稱剛剛提及的對象。

   그：指稱之前已經提過的對象。（見「例27」）

3. 指示冠形詞「이」、「그」、「저」的分寫

   指示冠形詞與下列的依存名詞連寫，而與其他的名詞則分寫。（見「例28」）

   것：이것、그것、저것、아무것

   곳：이곳、그곳、저곳

   때：이때、그때

   번：이번、저번

   분：이분、그분、저분、여러분

   이：이이、그이、저이

   중：그중에

例子 / *錯誤 :

(26)	ㄱ. 이걸로 두 개 주세요. (이것으로 두 개 주세요.)
	ㄴ. 그게 뭐예요? (그것이 무엇입니까?)
	ㄷ. 저기 가는 저분이 정 교수님이시지요?

| (27) | ㄱ. 대만에서 유명한 딩타이펑이 바로 이 식당이에요. |
| | ㄴ. 방울 토마토를 반으로 잘라, 그 속에 매실을 넣었어요. |

(28)	ㄱ. 이것은 무엇입니까?
	*이 것은 무엇 입니까?
	ㄴ. 이 과일은 무엇입니까?
	*이과일은 무엇입니까?
	ㄷ. 이번만 봐 주고 그 후에는 안돼!
	*이 번만 봐 주고 그후에는 안돼!
	ㄹ. 그것이 사실인가요?
	*그 것이 사실 인가요?
	ㅁ. 그 이야기가 사실인가요?
	*그이야기가 사실가요?
	ㅂ. 우리집 김치는 한국 고추가루를 써요. 그 점이 제일 중요해요.
	*김치는 한국 고추가루를 써요. 그점이 제일 중요해요.
	ㅅ. 저분이 누구이십니까?
	* 저 분이 누구이십니까?
	ㅇ. 여러분 안녕하세요?
	*여러 분 안녕하세요?

UNIT 4

무엇이 좋습니까?

喜歡什麼；什麼好？

한국 핸드폰이 좋습니다.

喜歡韓國手機；韓國手機好。

G25 句型：主語＋敘述格助詞敘述語：무엇이 어떠하다.

主語（大主語）	副詞語	（小主語）	敘述語（形容詞）
누가 / 무엇이		무엇이	어떠하다.
이것이			어떻습니까?
무엇이			좋습니까?
누가	(제일)	(성격이)	좋습니다.
영희는		(눈이)	예쁩니다.
양명산 벚꽃이			아름답습니다.
날씨가			따뜻합니다.
대만은		기후가	따뜻합니다.
숙제가	(너무)		많습니다.
시험이	(매우)		어렵습니다.
스마트폰이	(아주)		편리합니다.
건강이	(좀)		어떠십니까?
타이베이의 전철은			편리합니다.
교실이			깨끗합니다.
이민호는			멋집니다.
그는		(키가)	큽니다.

G26 形容詞

說明：

1. 形容詞與動詞一樣，都可在句子當中擔任敘述語。動詞表現出動作，形容詞則表現狀態與性質。

2. 形容詞大致可分為性狀形容詞與指示形容詞。
　（1）性狀形容詞：表示性質或狀態的形容詞。（見「例29」）
　（2）指示形容詞：這樣、那樣、如何、任何等，具有指示性質的形容詞。
　　　 （見「例30」）

3. 指示形容詞與性狀形容詞同時使用時，指示形容詞在性狀形容詞前方。（見「例31」）

例子 / *錯誤：

| (29) | ㄱ. 사탕은 맛이 <u>달다</u>. | *사탕은 맛이 <u>단다</u>. |
| | ㄴ. 강아지들은 <u>귀엽다</u>. | *강아지들은 <u>귀여웁다</u>. |

| (30) | ㄱ. <u>그런</u> 사람은 처음 봤다. | *<u>그렇게</u> 사람은 처음 봤다. |
| | ㄴ. 강아지가 <u>이렇게</u> 귀엽다. | *강아지가 <u>이런</u> 귀엽다. |

(31)	ㄱ. 그렇게 단 수박은 처음 봤다.	*<u>단 그렇게</u> 수박은 처음 봤다.
	ㄴ. 이렇게 귀여운 강아지는 없다.	*<u>귀여운 이렇게</u> 강아지는 없다.
	ㄷ. 그렇게 예쁜 꽃은 처음 본다.	*<u>예쁘게 그런</u> 꽃은 처음 본다.

G27 基本常用形容詞

1.容貌（외모）：예쁘다、멋지다、잘생겼다、못생겼다、뚱뚱하다、통통하다、
　　　　　　　 날씬하다、마르다、귀엽다

2.天氣（날씨）：덥다、따뜻하다、시원하다、서늘하다、춥다、맑다、흐리다

3.空間、尺寸（공간, 크기）：크다、작다、길다、짧다、많다、적다、적당하다、
　　　　　　　　　　　　　 넓다、좁다、높다、낮다、충분하다、부족하다、
　　　　　　　　　　　　　 두껍다、얇다

4.性格（성격）：좋다、싫다、얄밉다、친절하다、상냥하다、엄격하다、자상하다、
　　　　　　　 소심하다、깔끔하다

5.性質（성질）：차다、뜨겁다、딱딱하다、부드럽다、순하다、사납다、매끈하다、
　　　　　　　 거칠다、시끄럽다、조용하다、복잡하다、간단하다、투명하다、
　　　　　　　 불투명하다、달다、짜다、쓰다、시다、깨끗하다、말끔하다、
　　　　　　　 더럽다、지저분하다、명확하다、갑갑하다

6.比較（비교）：같다、다르다、비슷하다、유사하다

G28 形容詞作為敘述語與冠形語的活用

說明：

1. 形容詞的功能為說明事物樣貌、狀態、性質。因此韓語的形容詞大多以敘述語及冠形語的形態使用。（見「例32」）

2. 形容句子主語的性質、狀態、樣貌，並且作為句子的敘述語時，可使用基本形語末語尾「-다」做結尾。但是當形容詞在名詞前方時，則必須使用冠形詞形語尾將其變為冠形語，藉以修飾名詞。（見「例33」）

3. 形容詞作為敘述語時，不與語尾「-ㄴ다/는다」使用，而是在語幹接上「-다」做結尾。（見「例34」）

4. 形容詞如果後方加上補助動詞「(-아/어/여)지다」，而將詞性轉為動詞時，這時就可加上表示現在時態的語尾「-ㄴ다/는다」。（見「例35」）

5. 此外，經過上面的變化，因為形容詞已經動詞化，因此也可使用「-고 있다」來表現出現在進行。（見「例36」）

例子 / *錯誤：

(32) (33)	ㄱ. 철수가 키가 크다. 키가 큰 철수	*크다 철수가
	ㄴ. 순이가 예쁘다. 예쁜 순이	*예쁘다 순이가
	ㄷ. 김치가 맛있다. 맛있는 김치	*맛있다 김치가
	ㄹ. 날씨가 좋다. 좋은 날씨	*좋다 날씨가

(34)	ㄱ. 철수가 키가 크다.	*철수가 키가 큰다.
	ㄴ. 순이가 예쁘다.	*순이가 예쁜다.
	ㄷ. 김치가 맛있다.	*김치가 맛있는다.
	ㄹ. 날씨가 좋다.	*날씨가 좋는다.

(35) (36)	ㄱ. 철수가 키가 커진다. 철수가 키가 커지고 있다.
	ㄴ. 순이가 예뻐진다. 순이가 예뻐지고 있다.
	ㄷ. 김치가 맛있어진다. 김치가 맛있어지고 있다.
	ㄹ. 날씨가 좋아진다. 날씨가 좋아지고 있다.

G29 「어떠하다」與「어떻다」

品詞 / 意義：

形容詞 / 如何；怎樣

說明：

1. 「어떠하다」為「어떻다」的原形，表示意見、性質、處境、狀態等如何之意。

2. 在語尾活用的部分，加上各語尾後的形態變化如下：

어떠합니까? (어떠하다＋ㅂ니까)、어떻습니까? (어떻다＋습니까)、

어떠하십니까? (어떠하다＋시＋ㅂ니까)、어떠십니까? (어떻다＋시＋ㅂ니까)、

어때요? (어떻다＋아요 / 어요 / 여요)、어떠하니? (어떠하다＋니)、

어떠니? (어떻다＋니)、어떠할까요? (어떠하다＋ㄹ까요)、

어떨까요? (어떻다＋ㄹ까요)、어떠한 (어떠하다＋ㄴ)、어떤 (어떻다＋ㄴ) 等。

（見「例37」）

例子：

（37）	ㄱ. 그 책의 내용이 어떠합니까? (어떻습니까?)
	ㄴ. 할머님 건강은 좀 어떠하십니까? (어떻습니까? 어떠십니까?)
	ㄷ. 네 의견은 어떠하냐? (어때요? 어떠하니? 어떠니? 어때?)
	ㄹ. 어떠한 (어떤) 돈으로 핸드폰을 샀어요?
	ㅁ. 그 친구는 어떠한 (어떤) 사람입니까?
	ㄹ. 요즘 어떻게 지내십니까?
	ㅂ. 이렇게 하면 어떠할까요? (어떻습니까? 어떠할까요? 어때요?)
	ㅅ. 네 의견은 어떠한지 (어떤지) 모르지만, 난 그렇게 생각해.
	ㅇ. 남편의 의향이 어떠한가는 (어떤가는) 물어봐야 해요.
	ㅈ. 어떠할 (어떨) 때 가장 행복하다고 느껴요?
	ㅊ. 그 사람 성격이 꼭 어떠하다고는 (어떻다고는) 할 수는 없지만,
	아무튼 좀 이상해요!

G30 主語加上「이/가」與「은/는」的差異

品詞：

1.「이/가」為主格助詞
2.「은/는」為補助詞

說明：

1. 是「이/가」是一個標示主語的助詞。因此「이/가」在句子當中強調主語是誰，即強調敘述語的主體時使用。

   Q：누가 갑니까? A：영희가 갑니다.

   也就是敘述去的人是「영희」。

2.「은/는」則是強調句子主體的行為時使用。

   Q：운동장에서 영희는 무엇을 합니까?

   A：운동장에서 영희는 조깅을 합니다.

   上面的句子相對於強調「영희」，更加把焦點放在在運動場「跑步」的這個敘述語。

3.「이/가」加在首次出現的內容，而「은/는」則加在前面已經提過的內容。（見「例38」）

4.「이/가」針對一個句子的敘述，而「은/는」則是跳脫一個單句，可以強調前後文進行對照、比較，凸顯不同。（見「例39」）

5.「이/가」使用於主格助詞，而補助詞「은/는」除了主格以外，也可使用於目的格或副詞格。（見「例40」）

例子：

（38）	ㄱ. 어느 욕심 많은 개 한마리가 고깃덩어리를 구해 입에 물고 집으로 돌아가는 길에 다리를 건너게 되었습니다. 개는 다리를 건너면서 밑을 내려다 보고 깜짝 놀랐습니다...(이솝우화, 욕심장이 개) ㄴ. 어느 강가 숲속에 흉내 잘 내는 원숭이가 살고 있었습니다. 원숭이는 심심했는지 이쪽가지에서 저쪽가지로 껑충껑충 뛰며 놀고 있었습니다....(이솝우화, 흉내장이 원숭이)

（39）	ㄱ. 제 이름은 주혜미이고, 이 친구 이름은 주미혜입니다. ㄴ. 아버지는 회사원이시고, 어머니는 가정주부이십니다. ㄷ. 이 집은 그 집보다 친절하다.

（40）	ㄱ. 저는 한국어과 학생입니다. （主語） ㄴ. 나는 녹차는 좋아하지만 홍차는 좋아하지 않는다. （目的語） ㄷ. 저는 오후에는 커피는 마시지 않습니다. （副詞語、目的語） ㄹ. 저는 학교에서는 모범생입니다. （副詞語） ㅁ. 문화대학에 전철로는 도착할 수 없습니다. （副詞語） ㅂ. 그 정도 이유로는 재시험이 안됩니다. （副詞語）

G31 「있다 / 없다」的意義

品詞 / 意義：

1. 動詞「있다」 / 主語存在於某處（待在……）。或者當作補助動詞而接於動詞後，表示前面的動作正在進行（正在……著）。

2. 形容詞「있다 / 없다」 / 表示具有或不具有什麼之義（有；沒有……）。

說明：

1. 「있다 / 없다」使用時，一般搭配的助詞為「에」或「이 / 가」。（見「例41」）

2. 「있다 / 없다」使用時，當句式為「N1이 / 가 N2에 있다 / 없다」時，意義為「N1在 / 不在N2」。（見「例42」）

3. 而當句式為「N1에 N2이 / 가 있다 / 없다」時，意義為「N1有 / 沒有N2」。（見「例43」）

4. 「있다」有動詞與形容詞2種詞性，作為動詞時，意義為「待在、存在」的意思，作為形容詞時，意義為「有」之意。（見「例44」）

5. 由於詞性的不同，因此當轉換成敬語時，也有不同的表現方法。當「있다」作為動詞時，其敬語形態為「계시다」。當「있다」作為形容詞時，其敬語形態為「있으시다」。（見「例45」）

6. 由於「있다」也具有動詞屬性，因此可有下列幾種添加語尾的形態。當接下待體語尾時，進行時態為「있는다」，命令為「있어라」，請誘句時為「있자」。（見「例46」）

例子 / *錯誤：

（41）	ㄱ. 그는 집이 있다 / 없다.	*그는 집을 있다 / 없다.
	ㄴ. 그는 집에 있다 / 없다.	*그는 집에서 있다 / 없다.

（42）	ㄱ. 돈이 은행에 있다.
	ㄴ. 돈이 은행에 없다.

（43）	ㄱ. 집에 돈이 있다.
	ㄴ. 집에 돈이 없다.

（44）	ㄱ. 엄마가 나갈 테니 너는 집에 있어라.
	ㄴ. 엄마가 우산이 있어요.

（45）	ㄱ. 사장님, 여기 좀 계세요.	*있으세요
	ㄴ. 사장님, 우산이 있으세요?	*계세요
	對於須尊敬對象的所有物，例如句中的「우산」（雨傘）也使用敬語，這是敬語表現的過度使用現象。	

（46）	ㄱ. 오늘 태풍이 와서 집에 있는다. (下待法現在進行)
	ㄴ. 오늘 태풍이 오니까 집에 있어라. (下待法命令)
	ㄷ. 오늘 태풍이 오니까 집에 있자. (下待法請誘)

G32 補助詞「은 / 는」

品詞：

補助詞 / 強調、對比之意

說明：

補助詞「은 / 는」可使用在主語、目的語、補語、副詞語等，甚至可取代主格助詞、目的格助詞、補格助詞等。其意義主要在於強調或對比。

1. 直接替代主格助詞：「N이/가＋은 / 는」（見「例47」）

2. 直接替代目的格助詞：「N을/를＋은 / 는」（見「例48」）

3. 直接替代補格助詞：「이/가＋은 / 는」（見「例49」）

4. 接於副詞格助詞：「場所에 / 에서＋는」（見「例50」）、「時間、方向、手段、工具(으)로＋는」（見「例51」）

例子：

(47)	ㄱ. 제가 문화대 학생입니다.
	ㄴ. 동생이 정치대 학생입니다.
	ㄷ. 제가 문화대 학생입니다. (그렇지만) 동생은 정치대 학생입니다.
	ㄹ. (저는 문화대 학생이지만) 동생은 정치대 학생입니다.

(48)	ㄱ. 제가 녹차를 좋아합니다.
	ㄴ. 제가 커피를 싫어합니다.
	ㄷ. 제가 녹차를 좋아합니다. (그렇지만) 커피는 싫어합니다.
	ㄹ. 제가 (녹차는 좋아하지만), 커피는 싫어합니다.

（49）	ㄱ. 그가 의사가 되었습니다.
	ㄴ. 그가 교수가 안 되었습니다.
	ㄷ. 그가 의사가 되었습니다. (그렇지만) 교수는 안 되었습니다.
	ㄹ. 그가 (의사는 되었지만), 교수는 안 되었습니다.

（50）	ㄱ. 내가 학교에서 공부한다.
	ㄴ. 내가 집에서 공부하지 않는다.
	ㄷ. 내가 학교에서 공부한다. (그렇지만) 집에서는 공부하지 않는다.
	ㄹ. 내가 (학교에서는 공부하지만,) 집에서는 공부하지 않는다.

（51）	ㄱ. 술은 포도로 만든다.
	ㄴ. 술은 수박으로 만들 수 없다.
	ㄷ. 술은 포도로 만든다. (그렇지만) 수박으로는 만들 수 없다.
	ㄹ. 술은 (포도로는 만들 수 있지만) 수박으로는 만들 수 없다

G33 補助詞「도」

品詞 / 意義：

補助詞 / 也……

說明：

補助詞「-도」的使用：直接取代或加於體言的格助詞後方，強調主語的資格、狀況，或者動作等與前面的內容相同。

1. 直接替代主格助詞：「N이／가＋도」（見「例52」）

2. 直接替代目的格助詞：「N을／를＋도」（見「例53」）

3. 直接替代補格助詞：「=이／가＋도」（見「例54」）

4. 接於副詞格助詞：「場所에 / 에서＋도」（見「例55」）、「時間、方向、
　手段、工具(으)로＋도」（見「例56」）

例子：

（52）	ㄱ. 내가 문화대 학생입니다. ㄴ. 동생이 문화대 학생입니다. ㄷ. 내가 문화대 학생입니다. (그리고) 동생도 문화대 학생입니다. ㄹ. (나도) 동생도 문화대 학생입니다.

（53）	ㄱ. 내가 녹차를 좋아합니다. ㄴ. 내가 커피를 좋아합니다. ㄷ. 내가 녹차를 좋아합니다. (그리고) 커피도 좋아합니다. ㄹ. 내가 (녹차도) 커피도 좋아합니다.

（54）	ㄱ. 그가 의사가 되었다. ㄴ. 그가 교수가 되었다. ㄷ. 그가 의사가 되었다. (그리고) 그가 교수도 되었습니다. ㄹ. 그가 (의사도) 교수도 되었습니다.

（55）	ㄱ. 내가 학교에서 공부합니다. ㄴ. 내가 집에서 공부합니다. ㄷ. 내가 학교에서 공부합니다. (그리고) 집에서도 공부합니다. ㄹ. 나는 (학교에서도) 집에서도 공부합니다.

（56）	ㄱ. 이 길이 남대문으로 갑니다. ㄴ. 이 길이 명동으로 갑니다. ㄷ. 이 길이 남대문으로 갑니다. (그리고) 명동으로도 갑니다. ㄹ. (이 길은 남대문으로도) 명동으로도 갑니다.

G34 「-나 있다 / 없다」與「-만 있다 / 없다」

說明：

1. 表示數量或程度的「나」，是一個連接於體言或副詞語後方，強調數量眾多或程度之盛的補助詞，意味著多、大、高。在有尾音的體言後方使用「이나」，在無尾音的體言後方使用「나」。（見「例57」）

2. 「만」是一個強調數量或程度「僅有」的補助詞。意味著少、小、低。（見「例57」）

例子 / *錯誤：

（57）	ㄱ. 두 명이 왔어요. 둘이서 왔어요.	*<u>두 명가</u> 왔어요.
	두 명이나 왔어요. 둘이서나 왔어요.	*<u>둘나</u> 왔어요.
	두 명만 왔어요. 둘이서만 왔어요.	*<u>두 명이만</u> 왔어요.
	ㄴ. 명품가방이 두 개가 있어요.	
	*명품가방가 <u>두 개를</u> 있어요.	
	명품가방이 두 개나 있어요.	
	*명품가방이 <u>두 개이나</u> 있어요.	
	명품가방이 두 개만 있어요.	
	*명품가방를 <u>두개이나</u> 있어요.	
	ㄷ. 몸무게가 2킬로그램(kg)이 줄었어요.	
	몸무게가 2킬로그램(kg)이나 줄었어요.	
	몸무게가 2킬로그램(kg)만 줄었어요.	

G35 比較格助詞「처럼」、「만큼」、「같이」、「보다」

說明：

連接在比較對象後方的格助詞，表示相同或差異的程度。

1. 經由比較，相同或類似時使用「처럼」、「만큼」、「같이」。（見「例58」）

2. 經由比較，顯示出相比較之下如何時，使用「보다」。（見「例59」）

例子：

（58）	ㄱ. 그녀는 꽃처럼 예쁘다. ㄴ. 동생이 언니만큼 컸다. ㄷ. 자매가 쌍둥이같이 닮았다.

（59）	ㄱ. 동생이 형보다 크다. ㄴ. 그는 누구보다도 성실하다. ㄷ. 그는 나보다도 두 살 위이다. ㄹ. 그녀는 꽃보다 예쁘다.

重點回顧《請符合提問意圖回答》

Q：책방도 있습니까? → A：<u>아니요, 책방은 없습니다.</u>

Q：당신도 대만 사람입니까? → A：네, _____

Q：그녀도 대만 사람입니까? → A：아니요, _____

Q：한국 친구도 있습니까? → A：네, _____

Q：일본 친구도 있습니까? → A：아니요, _____

Q：홍차는 좋아합니까? → A：네, _____

Q：커피도 좋아합니까? → A：아니요, _____

Q：서울에 살았습니까? → A：네, _____

Q：부산에서도 살았습니까? → A：아니요, _____

Q：내일도 아르바이트를 합니까? → A：오늘은 하지만, _____

Q：주말에도 아르바이트를 합니까? → A：아니요, _____

Q：내일도 버스를 타고 옵니까? → A：아니요, _____

UNIT 5 벚꽃이 폈어요! 櫻花開了!
네, 봄이 왔어요. 是,春天來了。

G36 句型：主語＋自動詞敍述語：누가(무엇이) 어떡한다.

主語	副詞語	敍述語
누가 / 무엇이		어떡한다.
紅5버스가	(문화대에)	들어온다.
비가	(매일)	온다.
봄이	(벌써)	왔다.
수업이	(이미)	끝났다.
사과가	(많이)	열렸다.
두 사람이	(잘)	어울린다.
바퀴벌레가	(진짜)	죽어 있다.
부모님이	(많이)	고생하신다.
우리도	(전철로)	갈까요?
김 선생님이	(정말)	안 오실까요?.
두 시간이	(더)	걸립니다.
눈이	(쏙)	들어갔다.
핸드폰이	(계속해)	울린다.

G37 自動詞

說明：

1. 動詞分為自動詞與他動詞。

所謂的自動詞是指動作與動作的作用只會影響主語本身，例如「가다」、「오다」、「꽃이 피다」的「피다」、「해가 솟다」的「솟다」等皆屬於此類。反之，所謂的他動詞，指的是動作或動作的作用會影響一個對象，所以他動詞需要目的語。例如「밥을 먹다」的「먹다」、「한국을 좋아하다」的「좋아하다」、「노래를 부르다」的「부르다」、「그를 사랑하다」的「사랑하다」等等。這些動詞所影響的對象分別為「밥」、「한국」、「노래」、「그」。

2. 自動詞又分為完全自動詞與不完全自動詞。

（1）完全自動詞指的是在句子當中，除了主語之外不需其他要素來完成句子敘述的動詞，例如「가다」、「오다」、「자다」、「울다」等。（見「例60」）

（2）而不完全自動詞指的是需要補語的「되다」等動詞。「구름이 비가 된다」的「비가」即為補語。（見「例61」）

3. 有時可看到「학교를 가다」與「사흘을 왔다」這樣的句子，雖為自動詞，但卻將表示時空的內容作為目的語。（見「例62」）

例子：

（60）	ㄱ. 그가 간다. (가다)
	ㄴ. 그가 왔다. (오다)
	ㄷ. 보름달이 뜬다. (뜨다)
	ㄹ. 벚꽃이 피었다. (피다)

(61)	ㄱ. 그는 선생님이 되었다. (되다)
	ㄴ. 그는 학생이 아니다. (아니다)

(62)	ㄱ. 그들이 양명산을 올라갔다. (오르다)	*양명산을 올라 갔다.
	ㄴ. 그들이 산을 내려왔다. (내려오다)	*그들가 산을 내려 왔다.
	ㄷ. 우리가 두 시간을 걸었다. (걷다)	*우리는 두 시간을 걷었다.
	ㄹ. 힘든 시간을 지나고 나니 살 것 같다. (지나다)	

G38 動詞的活用

說明：

1. 活用方法

　　韓語動詞在使用時以「語幹＋語尾」的形式構成。語幹的部分是該單詞的意義部分，所以不會改變（除了特殊變化），但語尾則有數種形態，藉以表現時態或特殊意義，這種變化稱為動詞的活用。

2. 活用的種類

　　動詞藉由語尾的活用，隨著功能的不同，大致上可分「語末語尾」、「連結語尾」、「冠形詞形語尾」、「名詞形語尾」等4種。

語尾	基本形	가다	먹다	이다	있다
語末語尾	敘述形	가＋ㄴ다	먹＋는다	이＋다	있＋다
	疑問形	가＋ㅂ니까?	먹＋습니까?	이＋ㅂ니까?	있＋습니까?
	命令形	가＋십시오.	먹＋으십시오.	-	있＋으시오. 계십시오.
	請誘形	가＋ㅂ시다.	먹＋읍시다.	-	있＋습시다.
連結語尾		가＋고	먹＋고	이＋고	있＋고
冠形詞形語尾		가＋는	먹＋는	이＋ㄴ	있＋는
名詞形語尾		가＋ㅁ / 가＋기	먹＋음 / 먹＋기	이＋ㅁ	있＋음

3. 語尾的排列順序

在動詞的語尾活用部分，當數個語尾接於動詞後方時，會遵循一定的順序來結合（見「例63」）。例如：

（1）語幹＋語尾（尊敬＋時制＋語末語尾）：가-시-었-습니다. (가셨습니다.)

（2）語幹＋使動接尾詞＋語尾（尊敬＋時制＋語末語尾）：먹-이-시-었-습니다.

（3）語幹＋語尾（時制＋時像＋군요）：오-았-더-군요. (왔더군요.)

| 語幹 | 先語末語尾 | | ③語末語尾 | 語幹＋語尾（①-②-③） |
	①敬語	②時制		
가	시	었	습니다.	가시었습니다. (가셨습니다.)
먹	으시	겠	습니까?	먹으시겠습니까?
좋	으시	겠	어요!	좋으시겠어요!

例子：

（63）	ㄱ. 철수가 고웅에 갔습니까? (가＋았＋습니까?) ㄴ. 할머님께서 떡을 먹으셨습니다. (먹＋으시＋었＋습니다.) ㄷ. 우리는 대만 학생입니다. (대만 학생＋이＋ㅂ니다.) ㄹ. 정 선생님은 한국 사람이에요. (한국 사람＋이＋어요.) ㅁ. 점심을 먹으러 갈까요? (먹＋으러 가＋ㄹ까요?) ㅂ. 점심을 먹었음.(먹＋었＋음.)

G39 現在時制語尾：「-ㄴ다 / 는다」

說明：

1. 韓語的時制大致上以說話當時的時間為基準，分為現在、過去、未來3種。一般在敘述語的部分，藉由語尾的活用來表示。

2. 現在時制的表現：動詞在基本形語幹接「-ㄴ다 / 는다」，形容詞或「이다」則使用「다」，因此與基本形相同。（見「例64」）

3. 不變的真理、事物性質或當前狀態、事件反覆或習慣等，這些狀況都使用現在時制。（見「例65」）

4. 現在時制語尾與表示未來的副詞共同使用時，可表示既定的未來事件。（見「例66」）

例子：

(64)	ㄱ. 영희는 한국 사람이다.
	ㄴ. 영희는 예쁘다.
	ㄷ. 영희는 좋다.
	ㄹ. 영희가 간다.
	ㅁ. 영희가 걷는다.
	ㅂ. 영희가 운동을 한다.
	ㅅ. 영희가 철수를 좋아한다.

（65）	ㄱ. 지구가 돈다. （不變真理） ㄴ. 인간은 만물의 영장이다. （不變真理） ㄷ. 인간은 정치적 동물이다. （事物的性質） ㄹ. 꽃은 아름답다. （事物的性質） ㅁ. 영희는 잘 웃는다. （事件的反覆） ㅂ. 봄에는 비가 자주 온다. （事件的反覆） ㅅ. 영희는 예쁘다. （現在的狀態） ㅇ. 영희는 한국어를 배운다. （現在的狀態）

（66）	ㄱ. 나는 내일 한국에 간다. ㄴ. 우리는 다음 주말에 스린야시장에 간다. ㄷ. 나는 내일 학교에 있다. ㄹ. 내일 영희 생일이다. ㅁ. 그런 나쁜 사람은 곧 망한다.

G40 過去時制語尾：「-았 / 었 / 였-」

說明：

1. 表示過去的語尾形態為「-았 / 었 / 였-」，表示事件或狀態已過。（見「例67」）

2. 某個事件完結，而其狀態持續到現在時，使用過去時制語尾。（見「例68」）

3. 很久之前發生的結果或者記憶已消失、或者過去有過的經驗等等，這時在過去語尾「-았 / 었 / 였-」之後再加上「-었-」，組合成「-았었 / 었었 / 였었-」的形態。（見「例69」）

4. 回想過去，並回到過去的時光敘述時，使用表示回想的語尾「-더-」，這時語末語尾的部分限定使用「-라」、「-군」等，藉以呼應表現。（見「例70」）

例子：

(67)	ㄱ. 어제 지진이 났어요. ㄴ. 정 교수님께서 출국했습니다. ㄷ. 정 교수님은 이전에 예뻤어요. ㄹ. 정 교수님은 저희 발음 선생님이었습니다. ㅁ. 어제 저는 집에 있었어요.
(68)	ㄱ. 어제 철수는 고웅에 갔어요. ㄴ. 7시에 저녁밥을 먹었습니다. ㄷ. 6시에 회사에서 퇴근했어요. ㄹ. 작년부터 담배를 끊었어요. ㅁ. 이제 숙제를 다했어요. ㅂ. 어제 방학했어요.
(69)	ㄱ. 어제 할머님께서 집에 오셨었어요. ㄴ. 바로 저 식당에서 순두부를 먹었었어요. ㄷ. 그 회사에 다녔었어요. ㄹ. 이전에 담배를 피웠었어요. ㅁ. 서울대에서 유학했었어요. ㅂ. 그 친구 전화번호를 기억했었는데, 까먹어 버렸어요. ㅅ. 이전에 만났었는데, 이름을 기억할 수 없어요
(70)	ㄱ. 철수는 어제 고웅에 가더라. ㄴ. 어제는 날씨가 꽤 춥더라. ㄷ. 저번주에 그 친구가 너를 찾더라. ㄹ. 어제 그 집 순두부는 맛이 있더군요. ㅁ. 주말에 본 런닝맨 프로는 재미있더군요. ㅂ. 만나보니, 그분이 참 훌륭한 분이더라.

G41 未來時制語尾「-겠-」與「-(으)ㄹ 것」的活用

說明：

1. 未來的表現使用「-겠-」或者「-(으)ㄹ 것」（另一形態為「-ㄹ 거」）。

（見「例71」）

（1）「-겠-」表示客觀、並且表示說話者的謙虛。

（2）「-(으)ㄹ 것」則有較主觀的感覺。

2. 「-겠-」的主語為第一人稱（내가 / 제가）時，有強調個人意志與決心的意思。

（見「例72」）

3. 「-겠-」也具有推測與可能之意。（見「例73」）

例子：

(71)	ㄱ. 오늘 날씨가 좋겠어요. ㄴ. (차려주신 음식을) 맛있게 먹겠습니다. ㄷ. 저 남자가 남자 친구일 거예요. ㄹ. 저 학생이 일등일 것입니다. ㅁ. 철수가 내일 고웅에 갈 거예요. ㅂ. 학과장님께서는 저를 잘 모르실 겁니다.
(72)	ㄱ. 3학년 때 한국에 꼭 가겠어요. ㄴ. 오늘부터 한국어를 열심히 배우겠습니다. ㄷ. 내일까지 숙제를 끝내겠습니다. ㄹ. 내일 찾아뵙겠습니다.
(73)	ㄱ. 내일은 비가 오겠군요. ㄴ. 따님이 엄마를 닮아 예쁘겠어요. ㄷ. 우리도 그 일은 할 수 있겠습니다. ㄹ. 아무리 바보라도 할 수 있겠어요.

G42 進行、持續之表現：「-어 있다」、「-고 있다」

說明：

1. 進行的狀態使用補助動詞「-있다」，和語尾結合後以「-어 있다」以及「-고 있다」的形態出現。「-어 있다」意指前方用言的行動或變化結束後，狀態持續之意。（見「例74」）

2. 「-고 있다」只與動詞匹配，表示前面動作（本動詞）的行為持續進行。須使用敬語時為「-고 계시다」。有時也代表一個事件的反覆或習慣性。（見「例75」）

參考：

　　韓語中的「있다」具有動詞與形容詞屬性。作為動詞的「있다」，添加語尾時為「있는다、있어라、있자」等，而其敬語為「계시다」。反之作為形容詞的「있다」，其敬語則為「있으시다」。（見「例45」、「例46」）

例子：

（74）	ㄱ. 아이가 잠이 깨어 있다. ㄴ. 고양이가 의자에 앉아 있다. ㄷ. 꽃이 피어 있다.

（75）	ㄱ. 친구가 기다리고 있어요. ㄴ. 사장님이 전화하고 계십니다. ㄷ. 어제 저는 도서관에서 시험 공부를 하고 있었습니다. ㄹ. 요즘 정 교수님께서는 습작책을 쓰고 계세요. ㅁ. 저는 날마다 한국어를 배우고 있습니다.

G43 「우리」

品詞 / 意義：

代名詞 / 我；我們

說明：

1. 指稱說話者與聽話者，或者是包含複數以上的聽話者時使用，除了「우리」以外，也使用「우리들」。（見「例76」）

2. 說話者對於不比自己輩分高的對象說話時使用，指稱包含說話者自己與其他人。（見「例77」）

3. 使用在部分名詞前面，說話者對於不比自己輩分高的對象說話時使用，表示出自己與所提及對象的親密關係。（見「例78」）

例子：

（76）	ㄱ. 문화대는 우리들의 학교이다. → 문화대는 우리 학교이다. ㄴ. 우리 셋이 그 일을 했어요. → 우리들 셋이 그 일을 했어요. ㄷ. 우리 오늘 양명산에 갈까요? ㄹ. 올해 우리 학과 경쟁률이 제일 높았어요.

（77）	ㄱ. 우리 먼저 나간다. ㄴ. 어제 파티에 우리 부부도 참석했다. ㄷ. 우리가 당신한테 무슨 잘못을 했다고 이러시오?

（78）	ㄱ. 우리 엄마가 최고다!
	ㄴ. 우리 마누라가 제일 예쁘다.
	ㄷ. 우리 신랑은 든든하다.
	ㄹ. 우리 아기가 귀엽다.
	ㅁ. 우리 동네는 도서관이 있다.
	ㅂ. 우리 학교 교정은 넓지는 않지만 깨끗하다.

G44 「가다 / 오다」與助詞的使用

1. 一般與助詞「-에」一同使用，形成「-에 가다 / 오다」的表現。「名詞＋에」
   在句中為副詞語。

   학교에 갑니다. 去學校。

   학교에 옵니다. 來學校。

2. 有時也與助詞「-로」一同使用，形成「-로 가다 / 오다」的表現。使用「-
   로」時，表示方向性。「名詞＋로」在句中為副詞語。

   학교로 갑니다. 往學校去。

   학교로 옵니다. 往學校來。

3. 另外還有加上目的格助詞「-을 / 를」的特殊表現，一般為強調之意。這時
   「名詞＋을 / 를」成為目的語。

   학교를 갑니다. 去學校。

   학교를 옵니다. 來學校。

4. 當與助詞「-에서」搭配時，表示出發點。意為「從……去 / 來」

   학교에서 갑니다. 從學校去。

   학교에서 옵니다. 從學校來。

G45 「-(으)ㄹ까요?」與「-(으)ㅂ시다.」

品詞 / 意義：

1. 「-ㄹ까요 / 을까요」：疑問語尾 /（我們）一起（做）……好不好呢？

2. 「-ㅂ시다 / 읍시다」：語末語尾 /（我們）一起（做）吧！

說明：

1. 表示勸誘或詢問對方一起做某件事情的語尾。「-ㄹ까요 / 을까요」為疑問句形式，「-ㅂ시다 / 읍시다」為勸誘句形式。（見「例79」）

2. 前面動詞語幹無尾音時接「-ㄹ까요? / -ㅂ시다」，而有尾音的動詞語幹（「ㄹ」除外）接「-을까요? / 읍시다」。（見「例79」）

3. 「-(으)ㄹ까요?」與「-(으)ㅂ시다」的句子主語「우리」，通常省略，且副詞語「함께」或「같이」也可省略。（見「例80」）

4. 此外還有特殊用法，假定主語不是「우리」，則必須明確說出主語。假定使用「-(으)ㄹ까요?」而主語是「제가」（我）時，表示自己要做某事，而詢問對方的允許、意願。假定主語是第三人稱時，使用「-(으)ㄹ까요?」則表示推測，這時回答通常都使用「-(으)ㄹ 겁니다」來呼應。（見「例81」）

例子：

（79）	ㄱ. 가다：우리 점심 먹으러 갈까요? → 네, 갑시다. ㄴ. 놀다：우리 함께 동물원에 가서 놀까요? → 네, 놉시다. ㄷ. 먹다：우리 한국 요리를 먹을까요? → 네, 먹읍시다.

（80）	ㄱ. Q : (우리 같이) 점심 먹으러 갈까요? 　　A : 네, (우리 같이) 갑시다. 　　A : 그럽시다. ㄴ. Q : (우리 함께) 동물원에 가서 놀까요? 　　A : 네, (우리 함께) 놉시다. 　　A : 그럽시다. ㄷ. Q : (우리 같이) 한국 요리를 먹을까요? 　　A : 네, 먹읍시다. 　　A : 그럽시다.

（81）	ㄱ. Q : 누가 도서관에 갔다왔으면 좋겠는데? 　　A : 그럼, 제가 도서관에 다녀올까요? ㄴ. Q : 그들이 동물원에 가서 놀까요? 　　A : 네, 지금 동물원에서 놀고 있을 겁니다.

UNIT 6 학교에서 무엇을 배워요? 在學校學什麼? 저는 한국어를 배웁니다. 我學韓文。

G46 句型：主語＋目的語＋他動詞敘述語：
　　　　누가 무엇을 어떡한다.

主語	副詞語	目的語	敘述語（他動詞）
누가		무엇을	어떡한다.
나는	정말로	한국을	좋아한다.
나는		한국어를	배운다.
아이가		빵 두 개를	먹었다.
선생님이		수업을	끝내셨다.
우리는	열심히	TOPIK시험을	보았다.
학생들이		소식을	알렸다.
나는		그 친구를	믿는다.
어머니가		아기를	바라본다.
그는	분명히	약속을	지켰다.
우리는	서로	명함을	교환했다.
나는		만 점을	받았다.
그곳은		한국 물건을	팝니다.
나는	매일	영어 단어를	외웁니다.

G47 他動詞

要求目的語的動詞。例如「밥을 먹다」的「먹다」、「노래를 부르다」的「부르다」等。這時「밥을」、「노래를」都是目的語。

G48 目的語

說明：

1. 目的語在句子當中擔任目的（對象）的角色。目的語是動作的承受對象，在中文當中稱為目的格、賓語等。

2. 韓文的目的語通常在敘述語前方。不過韓文與中文不同，句子當中主語的位子可以不放句首，所以為了明確標示出目的語，使用目的格助詞「을 / 를」。（見「例82」）

3. 目的格助詞加在無尾音的名詞時使用「를」，例如「호랑이＋를」。而加在有尾音的名詞時使用「을」，例如「곰＋을」。（見「例82」）

例子：

（82）	ㄱ. 熊吃掉了老虎： 곰이 호랑이를 잡아 먹었다. = 호랑이를 곰이 잡아 먹었다. ㄴ. 老虎吃掉了熊： 호랑이가 곰을 잡아 먹었다. = 곰을 호랑이가 잡아 먹었다.

G49 雙重目的語的出現與正確使用

說明：

1. 當主語與敘述語相同，但目的語有2個或以上時，可以寫成一個句子，成為雙重目的語結構的句子。此時省略第一個目的語助詞，是較為理想的韓文寫作法。

2. 目的語前方有數詞修飾時，有時可看到「數詞＋의 目的語」的結構，例如「세 잔의 커피」、「두 개의 사과」等，此類表達方法並非自然的韓文表達。（見「例83」）

例子 / *錯誤：

（83）	ㄱ. (내가 사과를 샀다.)+(내가 귤을 샀다.) 　→내가 사과와 귤을 샀다. 　*내가 사과를, 귤을 샀다. ㄴ. (내가 커피를 마셨다.)+(내가 세 잔을 마셨다.) 　→내가 커피를 세 잔을 마셨다. 　→내가 커피 세 잔을 마셨다. 　*내가 세 잔의 커피를 마셨다.

G50 目的語當中的「은 / 는」、「도」、「만」

說明：

格助詞的功能在於表示某單詞的文法功能，而補助詞則表示某單詞的特殊意義。（見「例84」）

例子：

（84）	ㄱ. 영희가 춤을 잘 춘다. （英熙擅長跳舞。）
	（不管她擅長或不擅長什麼）춤을 잘 춘다.
	ㄴ. 영희가 춤은 잘 춘다.
	（她有某些不擅長，但……）춤은 잘 춘다.
	ㄷ. 영희가 춤도 잘 춘다.
	（她擅長某事，而且也……）춤도 잘 춘다.
	ㄹ. 영희가 춤만 잘 춘다.
	（她不擅長什麼，但唯獨……）춤만은 잘 춘다.

G51 意志表現「-겠다 / -(으)려고 한다 / -고 싶다」

品詞 / 意義：

1. 依據意志性的程度不同，可使用「-겠다 / -(으)려고 한다 / -고 싶다」等數種表現。
   （見「例85」）

2. -겠다：「-겠（先語末語尾）＋다（敘述語末語尾）」/ 表示一定會做、該要
   做。
   （1）接於動詞語幹後，表現對於未來行動的強烈意志。或者有時接於動詞
        或形容詞後方，也表示推測。（見「例86」）
   （2）語尾「-겠-」一般使用於第一人稱為主語的句子，但也有例外的情況。
        （見「例87」）

3. -(으)려고 하다：「-(으)려고（語尾）＋하다（補助動詞）」/ 表示打算要做。
   語尾「-(의)려고」只接於動詞語幹後方。（見「例88」）

4. -고 싶다：「-고（語尾）＋싶다（補助形容詞）」/ 表示想要、希望要……。
   表示依據個人意念想做某事。當主語為第三人稱時，使用「-고 싶어해요」。
   （見「例89」）

例子：

（85）	ㄱ. 언젠가는 연애를 해 보겠습니다. （欲望、意志、決心） ㄴ. 내년에는 한국에 가려고 한다. （計畫執行） ㄷ. 내년에는 한국에 가고 싶다. （盼望、希望）

（86）	ㄱ. 내년에는 한국에 유학을 가겠습니다. （意志） ㄴ. (남자 친구에게서 장미꽃을 받아서) 영희는 참 좋겠다. （推測）

(87)	ㄱ. 튀김이 맛있어서 다들 잘 먹겠다. （推測）
	ㄴ. 내일 날씨가 좋겠다. （推測）
	ㄷ. 아드님이 대통령이 되겠다. （第三人稱：預言）
	ㄹ. 따님이 크면 미스코리아처럼 예쁘겠어요. （第三人稱：推測、預言）
	ㅂ. 어머님이 기뻐하시겠어요. （第三人稱：推測）

(88)	ㄱ. 문화대 한국어과에 입학하려고 원서를 냈다. （動詞）
	ㄴ. 제가 예뻐지려고 해요. （自動詞）
	*제가 예쁘려고 해요. （形容詞）
	ㄷ. 그 일은 제가 하려고 해요. （第一人稱：敘述句）
	ㄹ. 당신은 서울에 가려고 해요? （第二人稱：疑問句）
	*당신이 서울에 가려고 해요. （第二人稱：敘述句）
	ㅁ. 그가 서울에 가려고 해요? （第三人稱：疑問句）
	ㅂ. 그가 서울에 가려고 해요. （第三人稱：敘述句）

(89)	ㄱ. 저는 튀김을 먹고 싶어요. （第一人稱：他動詞）
	ㄴ. 저는 문화대 한국어과에 가고 싶어요. （第一人稱：自動詞）
	ㄷ. 저는 선생님이 되고 싶어요. （第一人稱：自動詞）
	ㄹ. 당신은 대통령이 되고 싶어요? （第二人稱：疑問句）
	ㅁ. 당신은 대통령이 되고 싶다고 했었어요. （第二人稱：引用）
	ㅂ. *당신은 대통령이 되고 싶어요. （第二人稱：敘述句）
	ㅅ. *당신은 튀김이 먹고 싶어요. （第二人稱：敘述句）
	ㅂ. 그는 음악가가 되고 싶어해요. （第三人稱：引用轉述）
	*그는 음악가가 되고 싶어요.

G52 「名詞＋하다」型他動詞的活用

說明：

1. 「名詞＋하다」形的動詞大多源於漢語當中具有動名詞屬性的詞，韓文在這些詞的漢字後面加上固有語「하다」，藉以動詞化。（見「例90」）

2. 因此在「名詞＋하다」形的他動詞當中，「名詞」算是「하다」的目的語，所以也可以分離成「名詞＋을/를 하다」。（見「例90」）

3. 「하다動詞」前的名詞須搭配「하다」，不可任意搭配「이다」使用。（見「例91」）。

例子 / *錯誤：

（90）	ㄱ. 청소하다.（打掃）→ 청소를 하다.
	ㄴ. 운동하다.（運動）→ 운동을 하다.
	ㄷ. 산보하다.（散步）→ 산보를 하다.
	ㄹ. 결석하다.（缺席）→ 결석을 하다.
	ㅁ. 회의하다.（會議）→ 회의를 하다.

（91）	그가 낙제를 했다.（落第）→ 그가 낙제했다.	*그가 낙제이다.
	내가 합격을 했다.（合格）→ 내가 합격했다.	*내가 합격이다.
	제가 실수를 했어요.（失手）→ 제가 실수했어요.	*제가 실수였어요.
	영수가 결석을 했다.（缺席）→ 영수가 결석했다.	*영수가 결석이다.

G53 數字

說明 / 例子：

1. 表示數字的數詞有2種。一為表示數字概念的基數詞，二為表示序數的序數詞。同時也有固有語以及漢字詞2種系統。

固有語基數詞		漢字語基數詞	
1 하나	20　스물	1 일	20　　　　이십
2　둘	30　서른	2 이	30　　　　삼십
3　셋	40　마흔	3 삼	100　　　　백
4　넷	50　쉰	4 사	1,000　　　천
5 다섯	60　예순	5 오	10,000　　　만
6 여섯	70　일흔	6 육	100,000　　십만
7 일곱	80　여든	7 칠	1,000,000　백만
8 여덟	90　아흔	8 팔	10,000,000　천만
9 아홉	100　백	9구	100,000,000　억
10　열	*一百與一百以上使用漢字詞	10십	1,000,000,000　십억

2. 漢字語基數詞主要使用在年、月、日等表示日期的狀況，或者外來語等。

2015年3月1日	이천 십오 년 삼월 일 일
2015.3.1.	2015년 3월 1일
1,234元	천 이백 삼십사 원
第4課	제 사 과
3,4個月	삼사 개월
10人份	십 인분
600g / 1斤	육백 그램/*한 근

3. 計算物品時，依照物品不同搭配不同的單位依存名詞。此時以「物品^數字^單位依存名詞」的順序來標記。（見「例92」）

(92)											
ㄱ.	메	모	지		한		장	만		빌	려	주	세	요	.
ㄴ.	교	실	에		학	생		두		명	이		있	다	.
ㄷ.	오	늘		커	피		세		잔	을		마	셨	다	.
ㄹ.	집	에		고	양	이		네		마	리	를		키	운	다
ㅁ.	어	제		옷		다	섯		벌	을		팔	았	다	.
ㅂ.	올	해		구	두		여	섯		켤	레	를		샀	다	.

2個數字以上合併時，其形態改變。（見「例93」）

(93)											
ㄱ.	하	루	에		커	피		한	두		잔	만		마	셔	요
ㄴ.	잡	지		두	세		권		사	다		주	세	요	.
ㄷ.	볼	펜		서	너		자	루		빌	려		오	세	요	.
ㄹ.	시	장	에	서		귤		너	댓		개		샀	어	요	.
ㅁ.	여	학	생		대	여	섯		명	이		떠	들	어	요	.
ㅂ.	한	국	인		예	닐	곱		분	이		방	문	하	세	요

4. 序數詞

（1）純韓文的序數詞為「첫」（1）、「둘」（2）、「셋」（3）、「넷」（4）、「다섯」（5）、「여섯」（6）、「일곱」（7）、「여덟」（8）、「아홉」（9）、「열」（10）……」等，加上接尾詞「째」後成為序數詞。（見「例94」）

첫째、둘째、셋째、넷째、다섯째……
첫 번째、두 번째、세 번째、네 번째、다섯 번째……

但，「첫 번째」為「첫（冠形詞）＋번째（依存名詞）」的形式產生，此時以「첫^번째」方式來標記。

（2）漢字語序數詞則以「제（第）＋基數詞」的形式產生。（見「例94」）

제일、제이、제삼、제사、제오......

（94）	ㄱ. 우리 회사는 매월 둘째 주 토요일에 회식해요.
	ㄴ. 민호는 셋째 아들이다.
	ㄷ. 첫 번째 한국 여행입니다.
	ㄹ. 제3과[제삼과]를 펴 보세요.
	ㅁ. 지금부터 제4차[제사차]총회를 거행하겠습니다.

G54 依照動詞選用的處所助詞「-에」與「-에서」

品詞 / 意義：

表示前面所接的名詞為處所副詞語，為副詞格助詞 / 在……

說明：

1. 「에」主要與形容詞「있다」、「없다」、「계시다」、「많다」、「적다」，自動詞「가다」、「오다」、「살다」、「묻다」（沾），他動詞「보내다」、「생활하다」、「부치다」、「묻다」（埋）等一同呼應使用。（見「例95」）

2. 「에서」主要與表示動作的他動詞一同呼應使用。（見「例96」）

例子 / *錯誤：

（95）	ㄱ. 문화대가 양명산에 있습니다.	*문화대가 양명산에서 있습니다.
	ㄴ. 스린야시장에 사람이 많습니다.	*스린야시장에서 사람이 많습니다.
	ㄷ. 저는 타이베이시에 삽니다.	
	ㄹ. 부모님은 고향 집에 계신다.	*부모님은 고향집에서 계신다.

（95）	ㅁ. 밖에 큰 일이 났다.	*밖<u>에서</u> 큰 일이 났다.
	ㅂ. 입가에 밥풀이 묻었네.	*입가<u>에서</u> 밥풀을 묻었네.
	ㅅ. 우리는 방학 때 서울에 가기로 했다. *서울<u>에서</u> 가기를 했다.

（96）	ㄱ. 나는 내일 영희와 극장에서 만나기로 하였다. (영희를 만나기로 했다.)
	ㄴ. 시장에서 신발을 샀다.
	ㄷ. 영희와 도서관에서 공부를 했다.
	ㄹ. 어제 철수와 함께 운동장에서 달리기를 했다.
	ㅁ. 내일 분위기 있는 식당에서 영희에게 사랑한다고 고백하겠다.
	(영희를 사랑한다고...)
	ㅂ. 내일 친구 집에서 자기로 했다. (잠을 자기로 했다)

G55 「-에 살다」與「-에서 살다」

品詞 / 意義 :

表示前面所接的名詞為處所副詞語，為副詞格助詞 / 在……

說明 :

1. 自動詞「살다」原則上與助詞「에」一起使用，形成「-에 살다」。但是如果是表現在哪裡生活「-에서 생활하다」的情況時，也可以搭配「에서」。

（1）「-에 살다」：表在那裡居住 / 居住在……（見「例97」）

（2）「-에서 무엇을 하며 살다」：表在那裡生活 / 做著什麼行為生活在……。
（與他動詞「생활하다(생활을 하다)」同義）（見「例98」）

2. 屬於「ㄹ脫落活用不規則」的「살다」，其語尾活用為「사니」、「산다」、「산」、「살아」等。（見「例99」）

例子：

(97)	ㄱ. 고래는 물에 사는 짐승이다. ㄴ. 그는 서울에 산다. ㄷ. 부모님은 고향에 사십니다. ㄹ. 저는 오늘 집에 있습니다. ㅁ. 사장님은 지금 회사에 계세요.

(98)	ㄱ. 그는 하루 종일 연구실에서 산다. (연구를 하며) ㄴ. 고모는 시집 갈 때까지 우리집에서 살았다. (생활을 하며) ㄷ. 삼 대가 한집에서 산다. (생활을 하며) ㅁ. 아파트에서 사니까 좋아요? (생활을 하니까)

(99)	ㄱ. 힘들어도 열심히 살아가야 한다. ㄴ. 시골에서 사니 몸이 건강해졌다. ㄷ. 할머니, 건강하게 오래오래 사세요. ㄹ. 저는 집에서 삽니다. ㅁ. 어머니랑 같이 살고 있어요.

G56 韓文「가다」與「오다」的概念

品詞 / 意義：

自動詞 / 가다（去）、오다（來）

說明：

1. 가다：韓文「가다」表示從說話者為起點，遠離說話者的動作，簡而言之就是從當前位置移動到另一處。（見「例100」）

2. 오다：以說話者所處的位置為基準，往說話者方移動。（見「例101」）

　（1）中文當中有時會出現下面的說法：

　　A：你何時來（這兒）？

　　B：我馬上來。

　（2）但韓文如果相同說法時，正確表達如下：

　　A：(여기)언제 와?

　　B：금방 (거기) 갈게. * (거기) 올 게.

　　即在文當中，方向性與動詞必須呼應，如同「여기-오다」、「거기-가다」。而中文的「來」或英文的「come」，有時也可表現出遠離說話者位置，往聽話者方向前進的意義。

3. 動作動詞分為「動作動詞」（motion）與「方式動詞」（manner），以中文的「跑」來說，這個動詞同時具有「動作」與「方式」2種功能。不過韓文的「달리다」（跑）只具有「方式」的意義，因此我們必須加上「가다 / 오다」來補足意義。（見「例102」）

4. 여기 這兒：이쪽、이리

　저기 那兒：그쪽、그리

　저기 那兒：저쪽、저리

例子 / *錯誤：

（100）	ㄱ. 젠탄에서 전철로 타이베이역에 갑니다.
	ㄴ. 나는 새벽에 집에서 양명산에 갑니다.
	ㄷ. 저녁에 양명산에서 집으로 (돌아)옵니다.
	ㄹ. 나는 어제 대만에 돌아왔어요.

（101）	ㄱ. (초인종이 띵동띵동) A : 네, 나가요. (我來了？ *네, 올게요.)
	ㄴ. (전화통화 중 대화) Q : 지금 오고 있어요?.
	A : 네, 지금 가고 있어요. 금방 갈게요.
	(我馬上來 *금방 올게요.)

（102）	ㄱ. 蚊子飛到你那邊了。
	모기가 그리로 날아갔어요.　　　　　*모기가 그리로 날았다.
	ㄴ. 英熙上來2樓了嗎？
	영희가 2층에 올라왔어요?　　　　　*영희가 2층에 올랐어요?

G57 「 -에 가다 / 오다 」與「 -(으)로 가다 / 오다 」

說明：

1. 「 -에 가다 / 오다 」：表明去或來的目的地處所。

   去到……地方 / 來到……地方（見「例103）

2. 「 -(으)로 가다 / 오다 」：表明去或來的移動方向

   往……地方去 / 往……地方過來

   「母音或 」後方使用「 …로 가다 / 오다 」

   「子音」後方使用「 …으로 가다 / 오다 」（見「例104」）

例子：

(103)	ㄱ. 지금 동생 집에 가요. ㄴ. 내일 문화대학에 가요. ㄷ. 오후에 교보문고에 가요.

(104)	ㄱ. (친구와 스린관저에 놀러 가기로 했습니다.) 　　(그래서) 지금 스린 전철역으로 가는 길입니다. ㄴ. (UCLA에 입학이 됐어요.) 　　(그래서) 다음주에 미국으로 유학을 떠납니다. ㄷ. (집에 가는 길에 친구와의 약속이 생각났습니다.) 　　(그래서) 나는 광화문으로 발길을 돌렸습니다.

G58 尊待語尾「-(으)시-」

品詞 / 意義：

先語末語尾 / 對於動作主表示尊敬

說明：

1. 接於用言或敘述格助詞「이다」的語幹，表示尊敬。（見「例105」）

2. 使用時「子音＋으시-」、「母音＋시-」。（見「例106」）

3. 相較於其他的先語末語尾「-았 / 었 / 였-」、「-겠-」等，「-시-」必須先使用，緊貼於語幹。

（1）在主語為第一人稱（我）的句子當中無法使用（因為對自己尊敬，不合語言使用邏輯）。

（2）在表現自己動作或狀態的句子當中，有時會使用表示尊敬的語尾「-ㅂ니다 / 습니다」，這是對於「聽話者」的尊敬，而不是對於動作主體的尊敬。

（3）用言語幹使用「-시-」表示尊敬時，通常主格助詞也使用「께서」來呼應尊敬。（見「例107」）

例子：

（105）	ㄱ. 한국 선생님이 오십니다.
	ㄴ. 영희 어머니는 정말 좋으세요.
	ㄷ. 정 교수님은 대만 선생님이 아니십니다.
	ㄹ. 저 분이 누구(이)십니까?

（106）	ㄱ. (당신은) 언제 한국에 가시겠습니까? ㄴ. (당신이) 이 문제를 잘 해결해 주십시오. ㄷ. (선생님도) 불고기를 먹으시겠습니까? ㄹ. (여러분들은) 어제 재미있게 노셨습니까? ㅁ. 한국어를 얼마 동안 배우셨습니까? ㅂ. 부모님은 어디에 계십니까? ㅅ. 빵은 살찌니까 먹지 마세요.

（107）	ㄱ. 저분이 우리과 학과장이십니다. ㄴ. 할머님께서 괜찮다고 말씀하셨어요. ㄷ. 담임 선생님께서 우리집에 오시겠데요. ㄹ. 사장님께서 시간은 괜찮으신가요? ㅁ. 어머님께서 그렇게 해도 괜찮으시데요.

G59 「-지 않다」、「-지 못하다」與「-지 말다」

說明：

1. -지：連接於用言語幹後方。代表否定、禁止時使用的連結語尾，其後接「않다」、「못하다」、「말다」。

2. -지 않다（不要……）：接於動詞或形容詞後方，其中「않다」表否定該動作的補助動詞，或否定狀態的補助形容詞。（見「例108」）

3. -지 못하다（無法……、不克……）：可接在動詞後，此時「못하다」為補助動詞，代表前面的內容不能達成或沒有能力達成。或者接在形容詞後方，表示未達成某狀態，此時「못하다」為補助形容詞。（見「例109」）

4. -지 말다（勿……、禁止……）：接在動詞後面，表示禁止前面的動作，「말다」在此為補助動詞。（見「例110」）

例子：

（108）	ㄱ. 유학을 가지 않습니다. ㄴ. 아이가 밥을 먹지 않아서 걱정입니다. ㄷ. 친구가 필기를 빌려주지 않습니다. ㄹ. 영희가 제일 예쁘지는 않습니다. ㅁ. 그의 말이 전부 옳지는 않습니다. ㅂ. 일이 생각만큼 쉽지 않다. ㅅ. 성적이 좋지 않아서 선생님께 야단맞았습니다.

（109）	ㄱ. 눈물 때문에 말을 잇지 못했습니다. ㄴ. 나는 바빠서 점심도 먹지 못했습니다. ㄷ. 생리 때문에 배가 아파서 수업을 가지 못했습니다. ㅁ. 그 친구랑 싸워서 마음이 편안하지 못합니다. ㅂ. 목이 쉬어서 노래가 아름답지 못했습니다. ㅅ. 재료가 상해서 음식 맛이 좋지 못했습니다. ㅇ. 선생님의 그런 태도는 옳지 못하십니다.

（110）	ㄱ. 이곳에서 수영하지 마시오. ㄴ. 쓰레기를 버리지 마세요. ㄷ. 외부 음식을 먹지 마십시오. ㄹ. 휴지를 함부로 버리지 마시기 바랍니다.

UNIT 7 철수가 박사가 되었어요?
哲洙成為博士了嗎?

네, 그렇지만 아직 교수는 아니에요.
是的,但還不是教授。

G60 句型:主語＋補語＋되다 / 아니다 / 무엇이 되다 / 아니다

主語	補語	敘述語
누가 / 무엇이	무엇이	되다 / 아니다.
물이	얼음이	된다.
그가	교수가	되었다.
오빠가	아빠가	됐다.
내가	바보가	아니다.
그는	군자가	아니다.

G61 補語是什麼?

說明:

1. 在只有主語與敘述語而無法完全表達意義的句子中,我們就需要一個成分來補充意義上的空缺,而擔任這種補充概念的成分就是補語。

2. 根據韓國的標準學校語法,補語的出現只在敘述語為不完全自動詞「되다」與形容詞「아니다」時。(見「例111」、「例112」)

3. 因此在韓文當中，位於不完全自動詞「되다」或形容詞「아니다」之前的名詞，加上助詞「이／가」，藉以具體說明「되다」（成為什麼）或「아니다」（不是什麼）的成分即為補語。（見「例111」、「例112」）

「철수가 지도자가 되었다」當中的「지도자가」即為補語。

4. 補語使用的助詞為「이／가」，目的語使用的助詞為「을／를」。

5. 有的時候「이／가」除了用在補語，也可用在小主語。像是「그녀는（主語）＋눈이（主語）＋예쁘다（敘述語）」這種句子，「그녀는」為整體句子的大主語，「눈」為敘述節的主語，在整體句子當中稱為小主語。韓文當中也有這種雙重主語特殊句型。（見「例113」、「例114」、「例115」）

G62 「누가／무엇이＋무엇이（補語）＋되다／아니다」與 「누가／무엇이＋무엇이（小主語）＋形容詞敘述語」 句型的區別

說明：

1. 句子「누가／무엇이＋무엇이（補語）＋되다／아니다」（「什麼成為什麼」、「什麼不是什麼的句型」）的敘述語為「되다／아니다」時，前面的「무엇이」為補語。（見「例111」、「例112」）

2. 而其他的形容詞作為敘述語，且結構為「누가＋무엇이（小主語）＋어떠하다」時，在形容詞前方的「무엇이」為敘述節的主語。（見「例113」、「例114」、「例115」）

3. 部分小主語可以從「누가／무엇이＋무엇이（小主語）＋어떠하다」句型，轉變為「누구의 무엇이 어떠하다」，即小主語可以轉換成大主語的一部分，這

時在大主語後方加上表示所有格的助詞「의」。但須留意並非所有句子都可以這樣轉換。（見「例113」、「例114」、「例115」）

例子 / *錯誤：

（111）	ㄱ. 물이 얼음이（補語） 된다.	*물가 얼음가 된다.
	ㄴ. 그가 교수가（補語） 되다.	*그가 교수가 되는다.
	ㄷ. 오빠가 아빠가（補語） 되었다.	*오빠가 아빠를 되다.
	ㄹ. 구름이 비가（補語） 된다.	*구름가 비를 된다.
	ㅁ. 올챙이가 개구리가（補語） 됐다.	*올챙이 개구리가 됐다.
	ㅂ. 철수랑 순영이 둘이서 교수가（補語） 되고 싶어했다.	
	*철수랑 순영이 두 교수가 되고 싶어했다.	

（112）	ㄱ. 내가 바보가（補語） 아니다.	*내가 바보가 아닌다.
	ㄴ. 너는 바보가（補語） 아니다.	*너는 바보아니다.
	ㄷ. 얼굴은 그가（補語） 아니었다.	*얼굴은 그가 아니였다.

（113）	ㄱ. 영희가 / 마음이 착하다. → 영희의 마음이 / 착하다.
	ㄴ. 그가 / 키가（小主語） 크다. → 그의 키가 / 크다.
	ㄷ. 그는 / 발음이（小主語） 좋다. → 그의 발음이 / 좋다.
	ㄹ. 오빠가 / 마음이（小主語） 좋다. → 오빠의 마음이 / 좋다.
	ㅁ. 공은 / 모양이（小主語） 둥글다. → 공의 모양이 / 둥글다.
	ㅂ. 영희는 / 소식이（小主語） 없습니다. → 영희의 소식이 / 없습니다.
	ㅅ. 오늘은 / 날씨가（小主語） 좋다. → 오늘의 날씨가 / 좋다.

（114）	ㄱ. 그는 / 말이（小主語） 적다.	*그의 말이 / 적다.
	ㄴ. 그는 / 경험이（小主語） 있다.	*그의 경험이 / 있다.
	ㄷ. 그는 / 용기가（小主語） 없다.	*그의 용기가 / 없다.
	ㄹ. 철수는 / 여자 친구가（小主語） 없다.	*철수의 여자 친구가 / 없다.

（115）	ㄱ. *우리집 김치는 / 맛이（小主語）좋다. → 우리집 김치 맛이 / 좋다. ㄴ. *커피가 / 세 종류가 있었다. → 커피 세 종류가 / 있었다. ㄷ. *천 원짜리가 / 한 장이 있었다. → 천 원짜리 한 장이 / 있었다.

G63 不完全自動詞「되다」

意義：

1. 具有新身分或職位。（見「例116」）

2. 轉變成其他狀態。（見「例117」）

3. 到達某時期、狀態。（見「例118」）

4. 到達一定的數量。（見「例119」）

5. 某對象的量、狀態、金額等，表示「是多少」或者「在哪裡」之意。（見「例120」）

6. 與某人締結某種關係。（見「例121」）

「되다」時制的變化與正確寫法：：

1. 現在形：되다（原形）、된다、됩니다、되고

        *돼다(되어다)、됐다(되얻다?)、됩니다(되읍니다?)、돼고(되어고?)

2. 過去形：되었다 → 됐다（縮寫）、되었고 → 됐고、되었다면 → 됐다면、

        되었었다 → 됐었다（過去經驗）

        *돼었다(되어었다?)、됐다(되었다?)、되였다(되이었다?)、

        돼었고(되어었고?)、되였고(되이었고?)

        됐었었다(되었었었다?)、됐었다（過去經驗）

3. 未來形：되겠다、되면、된다면

　　　*돼겠다(되어겠다?)、*돼면(되어면?)、*됀다면(되언다면?)

例子 / *錯誤：

(116)	ㄱ. 장래 의사가 되고 싶다. ㄴ. 정 선생님은 내게 교수가 되면 좋겠다고 대학원 진학을 권유하셨다.

(117)	ㄱ. 얼음이 물이 되다. → 얼음이 물로 되다. 　*어름이、얼름이 ㄴ. 일이 엉망진창이 되었다. → 일이 엉망진창으로 되었다. ㄷ. 저렇게 싸우다가 두 사람이 원수가 되겠다. 　*저러케 싸우가 두 사람이 원수가 되겠다. ㄹ. 이렇게 먹다가는 내가 돼지가 되겠다. 　*이러케 먹다가는 내가 되지가 돼겠다.

(118)	ㄱ. 수업이 끝날 때가 다 됐다.　　　*수업이 끝날 때가 다 됬다. ㄴ. 계절이 봄이 되었다.　　　　　*게절이 봄이 되였다. ㄷ. 아이가 다섯 살이 되었다.　　　*아이가 다섯 세가 돼었다. ㄹ. 오늘 우리가 사귄 지 100일이 됐다.　*우리가 사귀인지 100날가 됐다. ㅁ. 그와 사귄 지 5년이 됐을 때 헤어졌다. * 5년이 되을 때 헤어졌다.

(119)	ㄱ. 어제 참석자가 50명이 되었다.　　*어제에 참석자 50명이 되었다. ㄴ. 도대체 몇 살이 되면 철이 들까요? *몇 살이 되면 철이 들을까요? ㄷ. 직장에 다닌 지 5년이 됐다.　　*직장에 다니지 5년이 됐다.

(120)	ㄱ. 일 인분에 천 원이 되겠습니다.　　*일인분에 천원이 되겠습니다. ㄴ. 다음 역은 스린역이 되겠습니다.　*다음 녁은 스린녁이 되시겠습니다. ㄷ. 도착 시간은 오후 9시가 되겠습니다. *오후 9시가 돼겠습니다.

（121）	ㄱ. 이 사람은 제 아우가 됩니다.	*이사람은 제가 아우가 됩니다.
	ㄴ. 저 놈은 내게 경쟁자가 된다.	*저 놈은 내에게 경쟁자가 된다.
	ㄷ. 저는 그 사람과 고향 친구가 됩니다.	*그 사람와 고향 친구가 됩니다.
	ㄹ. 우리 두 사람은 문화대 선후배가 됩니다.	*두사람은 선후배가 됩니다.

G64 不完全形容詞「아니다」

意義：

1. 否定某狀態或事實。（見「例122」）

2. 當使用為疑問形時， 表面上雖為疑問形態，但實際上具有強調既定事實的效果。（見「例123」）

例子 / *錯誤：

	ㄱ. 그는 군인이 아니다. 경찰관이다.
	*그는 군인아니다. 경찰관 니다.
	ㄴ. 그 말은 사실이 아니어서 곧 탄로 나고 말았다.
（122）	ㄷ. 그 문제의 정답은 3번이 아니고 4번이다.
	ㄹ. 나는 오늘 당번이 아니야.
	*나는 오늘 당번아니야.

	ㄱ. 헤어질 수 있는 것도 진정한 사랑이 아닐까?
	*사랑아닐까?
	ㄴ. 저기 가는 사람이, 정 선생님이 아니야?
（123）	*정선생님아니야?
	ㄷ. 그 사람은 진정한 친구가 아니었던가 싶다.
	*그사람은 진정한 친구가 아니였던가 싶다.

G65 「아니오」與「아니요」的區別

品詞 / 意義：

1. 形容詞「아니다」加上語尾後形成「아니오」（不是⋯⋯）與敘述格助詞「이다」相對，只使用於句子的敘述語。（見「例124」）

2. 感嘆詞「아니요」（不），為一個問答時使用的表現，其與「예」（是）相對。對於需要尊敬的對象，回答「不是」的時候使用「아니요」。（見「例124」）

3. 年紀大的老人對於比自己小的人所提問題，可在限定條件下用「아니오, …」來回答。（見「例124」）

例子 / *錯誤：

(124)	ㄱ. 이것은 책이 아니오.	*이것은 책이 아니요.
	ㄴ. 이 학생은 일본 사람이 아니오.	*이학생은 일본 사람이 아니요.
	ㄷ. Q : 이것은 볼펜입니까?	A : 아니요, 볼펜이 아닙니다.
	*Q : 이것은 한국 상품 입니까?	A : 아니요, 한국 상품아닙니다.
	ㄹ. Q : 네 놈이 유리창을 깨뜨렸지?	A : 아니요, 할아버지, 제가 아닙니다.
	*Q : 네 놈이 유리창을 깨뜨렸지?	A : 아니요, 할아버지, 제가 안 입니다.
	ㅁ. Q : 할아버지님께서 이 가게 주인이신가요?	
	A : 아니오, 나도 손님이오.	
	*Q : 할아버지가 이가게 주인이신가요?	
	A : 아니요, 나도 손님이시오.	

分寫法範例：

Q	:	그	가		대	만		사	람	이		아	니	오	?		
A	:	네	,	대	만		사	람	이	ˇ	아	닙	니	다	.		
Q	:	그	럼	,	일	본		사	람	이	오	?					
A	:	아	니	요	,	한	국		사	람	입	니	다	.			

UNIT 8 언제 한국에 유학을 갑니까?
何時去韓國留學？

내년 가을 학기에 가려고 합니다.
打算明年秋季學期去。

G66 句型：主語＋時間副詞語＋敘述語：누가 언제 무엇을 하다.

主語	副詞語	目的語	敘述語
누가	언제	무엇을	하다
철수가	어제	라면을	먹었다
영희가	오늘 아침에	옷을	샀다
선생님이	작년에	퇴직을	하셨다
나는	이번 달부터	한국어를	배워요

G67 表現時間的單詞

1.「何時」相關：

언제 何時：언제입니까?

몇 년 何年：생년이 몇 년이에요?

몇 월 何月：이번 달은 몇 월이에요?

며칠 哪天：오늘이 며칠이에요?

무슨 요일 星期幾：오늘은 무슨 요일이에요?

몇 시 幾點：지금 몇 시예요?

몇 분 幾分：지금 몇 분이에요?

*「언제」一詞有代名詞與副詞2種詞性，使用時須注意詞性所造成的分寫差異。

作為「代名詞」時，與後面的敘述格助詞 相連。

언	제	입	니	까	?			
생	일	이		언	제	입	니	까	?

作為「副詞」時，與敘述語保持空格。

언	제		할	까	요	?		
언	제		식	사	할	까	요	?
언	제		식	사	를		할	까	요	?
식	사	를		언	제		할	까	요	?
언	제		생	일	입	니	까	?

Q : 올해가 무슨 띠입니까?

A : 올해가 닭띠입니다.　　　　*올해가 닭년입니다.

Q : 내년은 무슨 해입니까?

A : 내년은 개해입니다.　　　　*내년은 개년입니다.

2. 月份（달、월）（陽曆、陰曆；양력、음력）：

注意月份為名詞，不需分寫。

1월(일월, 정월)	7월(칠월)
2월(이월)	8월(팔월)
3월(삼월)	9월(구월)
4월(사월)	10월(시월)
5월(오월)	11월(십일월, 동짓달)
6월(유월)	12월(십이월, 섣달)

3. 12生肖（띠）

쥐띠 屬鼠   말띠 屬馬

소띠 屬牛   양띠 屬羊

호랑이띠 屬虎   원숭이띠 屬猴

토끼띠 屬兔   닭띠 屬雞

용띠 屬龍   개띠 屬狗

뱀띠 屬蛇   돼지띠 屬豬

4. 日期（날짜）（陽曆日、陰曆日「날」、日數）

注意月份為名詞，不需分寫。

1 (일 일、초하루、하루)   17 (십칠 일、열이레)

2 (이 일、초이틀、이틀)   18 (십팔 일、열여드레)

3 (삼 일、초사흘、사흘)   19 (십구 일、열아흐레)

4 (사 일、초나흘、나흘)   20 (이십 일、스무날)

5 (오 일、초닷새、닷새)   21 (이십일 일、스무하루)

6 (육 일、초엿새、엿새)   22 (이십이 일、스무이틀)

7 (칠 일、초이레、이레)   23 (이십삼 일、스무사흘)

8 (팔 일、초여드레、여드레)   24 (이십사 일、스무나흘)

9 (구 일、초아흐레、아흐레)   25 (이십오 일、스무닷새)

10 (십 일、초열흘、열흘)   26 (이십육 일、스무엿새)

11 (십일 일、열하루)   27 (이십칠 일、스무이레)

12 (십이 일、열이틀)   28 (이십팔 일、스무여드레)

13 (십삼 일、열사흘)   29 (이십구 일、스무아흐레)

14 (십사 일、열나흘)   30 (삼십 일、그믐날、한달)

15 (십오 일、열닷새、보름)   31 (삼십일 일、 －)

16 (십육 일、열엿새)

5. 星期 (요일) :

注意月份為名詞，不需分寫。

월요일	화요일	수요일	목요일
금요일	토요일	일요일	

6. 時間 (시) :

한 시	두 시	세 시	네 시
다섯 시	여섯 시	일곱 시	열덟 시
아홉 시	열 시	열한 시	열두 시

정각	오분	십분	십오 분
이십 분	이십오 분	삼십 분	사십 분
오십 분	오십오 분		

7. 小時 (시간) :

한 시간	두 시간	세 시간	네 시간
다섯 시간	여섯 시간	일곱 시간	열덟 시간
아홉 시간	열 시간	열한 시간	열두 시간

열두 시간 십오 분

열두 시간 삼십 분(열두 시간 반)

8. 時段（시간대）：

아침, 오전, 정오, 오후, 저녁, 밤, 새벽

9. 季節（계절）：

봄, 여름, 가을, 겨울

10. ……的時候（...때）：

N 때(에)：수업 때, 아침 때, 운동 때, 식사 때, 여름 때, 저녁 때

A / V + ㄹ 때(에)：날씨가 좋을 때, 기분이 나쁠 때, 잠잘 때, 밥 먹을 때, 운동 할 때, 식사할 때

11. ……以前、……以後（...이전、...이후）：

N 이전（以前）/ 이후（以後）：1월 이후에, 개학 전후에, 십 분 이후에

12. 表期間（기간 표시）：

N 동안：3시간 동안, 방학 동안, 하루 동안, 오래 동안

V + 는 동안：공부하는 동안, 운동하는 동안

N 사이：수업 사이에

V + 는 사이：먹는 사이에, 자는 사이에, 쉬는 사이에

　　「동안」與「사이」在中文都可表示之間、期間。但「동안」指的是比較單純的期間敘述，而「사이」通常指的是未預料的、短暫的期間。因為「사이」是未預料且短暫的期間，因此後方不接主語意識下的行動。

학교에 오는 동안 버스에서 책을 읽었다.

*학교에 오는 사이 버스에서 책을 읽었다.

한국에서 7년 동안 공부했습니다.

*한국에서 7년 사이 공부했습니다.

잠 자는 사이에 어머니께서 나가셨다.

모르는 사이에 영화가 이미 끝났다.

G68 韓文的時制

說明：

1. 時制是表示句子狀況時間點的文法範疇。

2. 韓文的時制分類：

   韓文的時制大致上以說話者的時間判斷為中心，分為過去、現在、未來3種。
   而在表示時制的同時，也伴隨著動詞的動作樣態（aspect），例如有「完了」（완료상）與「進行」（진행상）。

3. 時制表現的方法
   （1）時間副詞
       （見「例125」、「例126」）
   （2）用言＋語尾：先語末語尾「-았 / 었 / 였-、-겠-、-더-」等
                   （見「例112～131」）
                   冠形詞語尾「-(으)ㄴ、-는、-(으)ㄹ、-던」等
                   （見「例129」、「例130」）

G69 時間副詞語

（時間名詞＋에）

未來相關表現	내일、다음주에、나중에 等
現在與經常性表現	오늘、현재에、지금에、요즘에、평소에 等
過去相關表現	어제、이전에、과거에、옛날에、종전에 等

在「어제」、「오늘」、「내일」後面不加上表時間的副詞格助詞「에」為原則。

例子：

（125）	ㄱ. 학생들이 지금 시험을 보고 있다.	
	ㄴ. 오늘 정 선생님 수업이 있다.	*오늘에 정선생님 수업이 있다.

（126）	ㄱ. 오늘은 수요일이다.	*오늘에는 수요일이다.
	ㄴ. 어제 친구를 만났다.	
	ㄷ. 어제 지진이 났다.	
	ㄹ. 내일 한국에 간다.	
	ㅁ. 내일 날씨가 좋겠다.	*내일에는 날씨가 좋겠다.

G70 使用先語末語尾表現現在時制

說明：

1. 動詞使用先語末語尾「-ㄴ／는」來表現現在時制。而形容詞或敘述格助詞「이다」則直接連接「-다」，因此與原形態相同。（見「例127」）

2. 在動詞、形容詞、或敘述助詞「이다」使用語尾「-습니다／ㅂ니다」時，相較於「-다」或「-요」更能表現出說話者的謙虛或教養，也藉此傳達對聽者的尊敬。（見「例127」）

3. 使用「-고 있다」表現目前的動作正在進行，其敬語形態為「-고 계시다」。不過因其表示動作的現在進行狀態，因此不使用於形容詞或「-이다」。（見「例128」）

4. 對於不變的真理、事物的性質或現在狀態、事件的反覆或習慣等，也使用現在時制表現。（見「例129」）

例子：

（127）	ㄱ. 서울은 한국의 수도(이)다.(입니다) ㄴ. 한국 겨울 날씨는 춥다.(춥습니다) ㄷ. 그는 한국 여자 친구가 있다.(있습니다) ㄹ. 그 여자 친구는 예쁘다.(예쁩니다) ㅁ. 학생이 학교에 간다.(갑니다) ㅂ. 학생들이 교실에서 한국어를 배운다.(배웁니다) ㅅ. 학생들이 식당에서 밥을 먹는다.(먹습니다)

(128)	ㄱ. 아버지가 신문을 읽고 계십니다.
	ㄴ. 교수님이 통화하고 계십니다.
	ㄷ. *담임 선생님은 남자이시고 계십니다.
	담임 선생님은 남자이십니다.

(129)	ㄱ. 지구는 둥글다.
	ㄴ. 지구는 태양을 돈다.
	ㄷ. 사람은 만물의 영장이다.
	ㄹ. 사람은 정치적 동물이다.
	ㅁ. 추운 겨울 뒤에는 반드시 봄이 온다.
	ㅂ. 노력한 만큼 대가를 받는다.
	ㅅ. 꽃은 아름답다.

G71 使用先語末語尾表現過去時制

說明：

1. 當事件或狀態已經過去時，使用「-았 / 었 / 였-」表現。（見「例130」）

2. 過去發生，但現在已經不同，要以經驗的角度表現此類事件時，在過去形語尾後方再添加「-었-」。（見「例131」）

3. 回想過去發生的事件，返回當時來表現時，可使用先語末語尾「-더」表現。此時語末語尾部分限定使用「-라」、「-군」等語尾。（見「例132」）

例子：

（130）	ㄱ. 작년까지 그녀는 한국의 대통령이었다. ㄴ. 지난 겨울에 몹시 추웠다. ㄷ. 어려서 그 아이는 아주 예뻤다. ㄹ. 나는 어제 집에서 있었다. ㅁ. 지난주에 양명산에 갔었다. ㅂ. 어제 학교 식당에서 영희를 만났다.
（131）	ㄱ. 이명박은 한국의 제15대 대통령이었었다. ㄴ. 어제까지 날씨가 몹시 추웠었다. ㄷ. 젊어서 그 선생님이 제일 예뻤었다. ㄹ. 조금까지 책이 책상에 있었다. ㅁ. 어제 문화대학에 갔었다. ㅂ. 나는 그 친구와 친했었다. ㅅ. 그 두사람은 연인 사이였다. ㅇ. 전화번호를 잊어 버렸어요.

（132）	ㄱ. 한국을 가보니 정말 발전했더라. ㄴ. 한국어과 여학생들이 제일 예쁘더라. ㄷ. 어제 문화대 학생이 한국어를 제일 잘하더라.

G72 使用先語末語尾表現未來時制

說明：

1. 韓文當中對於不久後的未來確定事件，可使用具未來意義的副詞以及現在形語尾來呈現。（見「例133」）

2. 或者使用「-(으)ㄹ 거예요」、「-겠-」等，表現對於已確定的未來或未來計畫，強調出個人的意志與決心。在表現意志上可用「-(으)ㄹ 거예요」與「-겠-」，但「-겠-」的意志性較為強烈。且「-겠-」也使用在招呼用語上，成為一種慣用表現。（見「例134」）

例子 / *錯誤：

（133）	ㄱ. 나는 다음주에 한국에 간다. ㄴ. 내일은 집에서 쉰다. ㄷ. 내일이 내가 레포트를 발표하는 날이다. ㄹ. 나쁜 짓을 하면 나중에 벌을 받는다.

（134）	ㄱ. 다음주에 서울에 간다. (갈 거예요 / 가겠어요) ㄴ. 우리 내년에 결혼해요. (결혼할 거예요 / 결혼하겠어요) ㄷ. 내일 세 명 정도 모여요. (모일 거예요 / 모이겠습니다) ㄹ. 내일 영희와 영화 구경을 가요. (갈 거예요 / 가겠습니다) ㅁ. 내일 친구를 만나러 가요? (갈 거예요?)　　*가겠어요?

	ㅂ. 내일 그는 참가하지 않아요. (않을 거예요)　　　*않겠어요
	ㅅ. 내일 비가 와요. (올 거예요 / 오겠어요)
	ㅇ. 내일 날씨가 좋아요. (좋을 겁니다 / 좋겠습니다)
（134）	ㅈ. 바보라도 알 수 있어요. (있을 겁니다 / 있겠어요)
	ㅊ. 김치 잘 먹겠습니다.
	ㅋ. 화장품 잘 쓰겠습니다.
	ㅌ. 다음주에 찾아뵙겠습니다.

G73 使用冠形詞形語尾表現現在時制

說明：

要組成現在形冠形節時，形容詞與敘述格助詞「이다」使用「-(으)ㄴ」，動詞使用「-는」，「있다」與「없다」也使用「-는」。（見「例135」）

（1）動詞＋는：가는、먹는

（2）形容詞 / 이다＋(으)ㄴ：예쁜、좋은、학생인

（3）있다 / 없다＋는：있는、없는

例子：

	ㄱ. 저분이 서울대 교수인 홍길동입니다.
	ㄴ. 그녀는 문화대에서 제일 예쁜 학생이다.
（135）	ㄷ. 양명산에 꽃구경 오는 사람들이 많다.
	ㄹ.한국에서 유학하는 친구이다.
	ㅁ. 매사 적극적인 학생이 성공한다.

G74 使用冠形詞形語尾表現過去經驗

說明：

過去經驗的表現方法如下。（見「例136」）

1. 動詞＋「던」：가던 / 갔던、먹던 / 먹었던、좋아하던 / 좋아했던

2. 形容詞 / 이다＋「-던」：예쁘던 / 예뻤던、좋던 / 좋았던、학생이던 / -이었던

3. 있다 / 없다＋「-던」：있었던、없었던

例子：

（136）	ㄱ. 그녀는 문화대에서 제일 예쁘던 학생이다. (예뻤던)
	ㄴ. 이전에 만나던 사람이다. (만났던)
	ㄷ. 한국에서 유학하던 친구이다. (유학했던)
	ㄹ. 매사 적극적이던 학생이 성공한다. (적극적이었던)

G75 使用冠形詞形語尾表現未來時制

說明：

未來時制的表現方法如下。（見「例137」）

1. 動詞＋「-(으)ㄹ」：갈、먹을、좋아할

2. 形容詞 / 이다＋「-(으)ㄹ」：예쁠、좋을、학생일

3. 있다 / 없다＋「-을」：있을、없을

例子：

（137）	ㄱ. 나중에 성공할 사람이다.
	ㄴ. 내일 먹을 아침이다.
	ㄷ. 엄마 닮아 크면 예쁠 얼굴이다.

UNIT 9 학교는 어디에 있습니까?

學校在哪裡？

문화대는 양명산에 있습니다.

文大在陽明山。

G76 句型：主語＋場所副詞語＋敘述語：누가 어디서 무엇을 하다.

主語	副詞語		目的語	副詞語		敘述語
누가	언제	어디서	무엇을	어떻게	왜	하다
학생들이		교실에				있다
부모님이		교향 집에				계신다
내가		시장에서	신발을			샀다
사람들이		길에서				싸우고 있다
교수님이	오늘	한국으로				가셨다

G77 處所格助詞「-에」

品詞 / 意義：

將名詞轉為副詞語的處所格助詞。/ 在⋯⋯

說明：

1. 人或動物待在某一處所。（見「例138」）

2. 某人持續在何處就職（見「例139」）

3. 主要與自動詞「있다(계시다)」（待）、「가다」（去）、「오다」（來）、
「살다」（住、生活）、「묻다」（沾），他動詞「보내다」（寄、派）、

「생활하다」（埋）、「부치다」（寄）、「묻다」（埋），以及形容詞「없다」（無）、「많다」（多）、「적다」（少）等類的敘述語呼應使用。（見「例140」）

例子：

（138）	ㄱ. 나는 서울에 산다. ㄴ. 부모님은 고향 집에 계신다. ㄷ. 교수님이 연구실에 계신다. ㄹ. 그가 내일 집에 있는다고 했다. ㅁ. 내가 데리러 갈테니 버스 정류장에 있어요. ㅂ. 제가 모시러 갈테니 젠탄 전철역에 계세요.

（139）	ㄱ. 나는 문화대학교에 다닌다. ㄴ. 어머니는 타이베이시청에 다니신다. ㄷ. 우리 아버지는 한국 회사에 다니셨었다. ㄷ. 그만두지 말고 그 직장에 그냥 있어요.

（140）	ㄱ. 문화대는 양명산에 있습니다. ㄴ. 스린야시장에 사람이 많습니다. ㄷ. 저는 타에베이에 삽니다. ㄹ. 부모님은 고향집에 계신다. ㅁ. 밖에 큰 일이 났다. ㅂ. 집안에 경사가 났다. ㅅ. 입가에 밥풀이 묻었네. ㅇ. 우리는 방학 때 서울에 가기로 했다. ㅈ. 어제 크리스마스카드를 미국에 부쳤습니다.

G78 處所格助詞「에서」

品詞 / 意義：

將名詞轉為動作場所的處所格助詞。 / 在……

說明：

主要與他動詞呼應使用。（見「例141」）

例子：

（141）	ㄱ. 나는 내일 영희와 극장에서 만나기로 하였다. ㄴ. 시장에서 신발을 샀다. ㄷ. 영희와 도서관에서 공부를 했다. ㄹ. 어제 철수와 함께 운동장에서 달리기를 했다. ㅁ. 내일 분위기 있는 식당에서 영희에게 사랑한다고 고백하겠다. ㅂ. 내일 친구 집에서 자기로 했다. (잠을 자기로 했다) ㅅ. 길에서 사람들이 싸우고 있다. ㅈ. 그 사건은 한국에서 있었던 일이다. ㅊ. 어제 학교에서 들은 말이다.

G79 表示出發點的「에서」

說明：

1. 「-에서」除了將某場所標示為動作場所外，也可以搭配「가다」、「오다」 將某場所標示為出發點。

 （1）與「가다」形成「-에서 가다」的形式，表示從何處去之意。

 （見「例142」）

 （2）與「오다」形成「-에서 오다」的形式，表示從何處來之意。

 （見「例143」）

2. 除了「가다」、「오다」之外，搭配任何具有移動方向性的動詞，也都可表 示出發點之意。（見「例144」）

例子：

（142）	ㄱ. 내일 회사에서 직접 가겠습니다. ㄴ. 수업이 끝나자마자 학교에서 회의 장소에 갔습니다. ㄷ. 저는 집에서 학교를 다닙니다.

（143）	ㄱ. 지금 집에서 오는 길입니다. ㄴ. 수업 끝나면 학교에서 직접 오실 수 있습니까? ㄷ. 이 학생은 태국에서 왔어요. ㄹ. 저는 대만에서 온 교환 학생입니다.

（144）	ㄱ. 그녀는 작년 겨울에 기숙사에서 나왔어요. ㄴ. 하늘에서 이슬비가 내렸습니다. ㄷ. 아이가 자다가 침대에서 떨어졌어요. ㄹ. 나는 어제 SS오디션에서 일 등을 했어요.

G80 「-에 있다 / 없다」

說明：

1.表示人或事物、現象等存在或不存在於某空間。（見「例145」）

2.表示人或動物，不停留或不生活在某處。（見「例146」）

3.表示非常鮮少。（見「例147」）

4.表示不包含在某範圍內。（見「例148」）

例子：

（145）	ㄱ. 교실 안에는 아무도 없다. ㄴ. 옥에도 티가 있다. ㄷ. 약속 장소에 (갔더니) 아무도 없었다. ㄹ. 집에 볼 만한 책이 없어 도서실에 갔어요. ㅁ. 대만에는 남녀 차별이 별로 없어요.

（146）	ㄱ. 그 사람은 지금 이 집에 없습니다. ㄴ. 그는 대만에 없어요. 한국에 돌아갔어요.

（147）	ㄱ. 그는 천하에 없는 효자이다. ㄴ. 그는 천하에 없는 못된 사람이다. ㄷ. 세상에 그런 착한이는 없을거다.

（148）	ㄱ. 합격자 명단에 내 이름이 없었다. ㄷ. 장학생 명단에 내가 없었다. ㄷ. 우리 학교에는 교직원 식당이 따로 없다.

G81 「-에 / 에게 가다」、「-(으)로 가다」、「-을 가다」

品詞 / 意義：

自動詞 / 去

說明：

1. 常與助詞「에 / 에게」、「(으)로」、「을」等呼應使用。

2. 從一處移動到另外一處。（見「例149」）

3. 從現在的場所為了某目的去到另外一場所。（見「例150」）

4. 飛機、船、車等交通工具的移動。（見「例151」）

5. 為了參加某種聚會的移動。（見「例152」）

6. 因職業、學業、勞役等，移動到別處。（見「例153」）

例子：

（149）	ㄱ. 양명산에 간다. ㄴ. 화련에 사는 친구에게 간다. ㄷ. 오늘 조 교수님이 한국으로 가셨다. ㄹ. 난 한국을 가본 적이 없어요. ㅁ. 어머니는 할머니에게 갔어요.

（150）	ㄱ. 책을 빌리러 도서관에 갑니다. ㄴ. 밥을 먹으러 식당에 갑니다. ㄷ. 먹을 거리를 사러 시장에 간다. ㄹ. 친구를 만나러 시내에 간다. ㅁ. 공책을(필기를) 빌리러 영희에게 갑니다.

（151）	ㄱ. 비행기를 타고 금문도에 갔다왔다.
	ㄴ. 젠탄역에서 문화대에 가는 합승택시가 있어요.
	ㄷ. 부산에서 제주도에 가는 배가 있어요.
	ㄹ. 타이베이에서 김포공항에 가는 비행기도 있어요.

（152）	ㄱ. 오랫만에 친구들 만나러 내일 동창회에 갈래요?
	ㄴ. 다음주 한국어교육자세미나에 가세요?
	ㄷ. 친구 모임에 가는 중이에요.

（153）	ㄱ. 우리 형은 작년에 군대에 갔어요.
	ㄴ. 누나는 한국 지사로 가게 되었다고 좋아해요.
	ㄷ. 학교를 갈 (개학할) 때가 되었다.

G82 「에서」

品詞 / 意義 :

助詞 / 在……；從……；依據……

說明 :

1. 表現處所的格助詞。（見「例154」）

2. 表現出發點的格助詞。（見「例155」）

3. 表現出處的格助詞。（見「例156」）

4. 表現根據的格助詞。（見「例157」）

5. 表現比較基準的格助詞。（見「例158」）

6. （接於團體名詞後）表現主語的格助詞。（見「例159」）

例子 :

（154）	ㄱ. 친구랑 방과 후에 도서관에서 만나기로 했다. ㄴ. 주차장에서 사람들이 싸우고 있었다. ㄷ. 이 화장품은 한국에서 사왔다. ㄹ. 그 일은 어제 모임에서 발생한 일이었다.

（155）	ㄱ. 집에서 몇 시에 출발해야 하나요? ㄴ. 통일이 되면 백두산에서 한라산까지 다 가보겠다. ㄷ. 내 여자친구는 하나에서 열까지 다 예쁘다.

（156）	ㄱ. 그 후보는 모 기업에서 선거비용을 받았다. ㄴ. 이 사과는 한국 대구에서 직수입한 거예요. ㄷ. 이 편지는 교무과에서 보내 온 경고 통지서입니다.

（157）	ㄱ. ..., 고마운 마음에서 드리는 말씀입니다. ㄴ. ..., 미안한 마음에서 뵐 면목이 없어요. ㄷ. ..., 봉사하는 뜻에서 행한 일입니다. ㄹ. 머리에서는 이해가 돼도 마음에서는 이해가 안됩니다. ㅁ. 동기는 이해가 돼도 행위에서는 용서할 수 없어요.

（158）	ㄱ. 상황이 이에서 더 나쁘겠어요? (이보다)

（159）	ㄱ. 이번 한국어말하기대회는 문화대에서 우승을 차지했다. ㄴ. 정부에서 실시한 조사 결과가 발표됐다. ㄷ. 이 규정은 한국어과에서 자체적으로 결정했다.

UNIT 10 일 학년이 한국어를 이렇게 잘해요?
一年級生韓語說得那麼好？

네, 한국 친구와 열심히 연습했어요.
對啊，之前和韓國朋友努力練習。

G83 句型：主語＋副詞語＋敍述語：
누가/무엇이 무엇을 어떻게 하다.

主語	目的語	副詞語	敍述語
누가	무엇을	어떻게	하다
영희 씨는	한국어를	어떻게	배웠어요?
벚꽃이		어쩌면 그렇게	예쁘죠?
영희는	노래도	정말	잘합니다.
어머니도	김수현을	아주	좋아해요.
영희는	이야기를	재미있게	말해요.
영희는	한국어 발음을	열심히	연습하고 있어요.
어머니께서	집 안을	깨끗이	청소하셨습니다.
점심 시간이		진짜 빨리	지나갔어요.
철수는	한국에	비행기로	갔습니다.
영희는	학교를	걸어서	다닙니다.
할머니께서는	만두를	손으로	만드십니다.
영희는	레포트를	이메일로	보냈다.
철수는	한국어 방송을	전혀	이해하지 못했다.

G84 程度副詞（1）：「너무」、「매우」、「아주」

品詞／意義：

副詞／太；很；非常

說明：

1. 程度副詞：其功能為修飾用言，還可修飾其他程度副詞。

2. 너무：超過一定的程度或限度。（太；超過）（見「例160」）

3. 매우：相較於普通的程度，更為如何之意。（很……）（見「例161」）

4. 아주：（1）遠遠超過普通的程度。（非常）（見「例162」）

　　　　（2）行動或作用、或者狀態已經全然完成，無法做其他改變。

　　　　　　（完全；全部……已經無法改變）（見「例163」）

例子：

（160）	ㄱ. 그는 키가 너무 크다. ㄴ. 퇴근 시간이 너무 늦다. ㄷ. 오늘 저녁을 너무 먹었다. ㄹ. 시험이 너무 어렵다. ㅁ. 그곳은 너무 위험하다. ㅂ. 집안이 너무 조용하다. ㅅ. 학교와의 거리가 너무 멀다. ㅇ. 너무 걱정하지 마세요.

(161)	ㄱ. 철수는 매우 멋있는 청년이다.
	ㄴ. 영희는 매우 착하다.
	ㄷ. 그녀는 매우 아름답다.
	ㄹ. 그는 해외로 출장을 매우 자주 다닌다.
	ㅁ. 한글은 매우 독창적이고 과학적인 문자이다.

(162)	ㄱ. 그것은 아주 오랜 옛날 이야기이다.
	ㄴ. 이번 한국사 시험 문제는 아주 쉬웠다.
	ㄷ. 그는 한국 노래도 아주 잘 부른다.
	ㄹ. 그 아이는 학교에서도 아주 인기가 많다고 합니다.

(163)	ㄱ. 나는 그에게 돈을 아주 주었다.
	ㄴ. 태풍으로 마을이 아주 없어졌다.
	ㄷ. 두 남녀는 헤어진 후 아주 남남이 되어 버렸다.
	ㄹ. 친구가 이번에 한국에 가면 아주 가서 다시 볼 수가 없데요.

G85 程度副詞（2）：「전혀」、「도무지」、「완전히」

品詞 / 意義：

副詞 / 全然；完全的；一點兒也不

說明：

1.「전혀」、「도무지」大多與否定意義的詞語一同使用。

2. 전혀：全然……之意（見「例164」）

3. 도무지：根本；完全；不論如何也（無法）之意。（見「例165」）

4. 완전히：所需的都具備，沒有不足或缺陷。（完全；對；全部；對；完整地……）（見「例166」）

例子：

（164）	ㄱ. 전혀 쓸모없는 물건은 사지 마세요. ㄴ. 취직이 어려워 전혀 갈피를 잡을 수 없었다. ㄷ. 그와 이 문제는 전혀 관계가 없다. ㄹ. 전혀 예기치 못한 사건이 발생했다. ㅁ. 그의 생각을 전혀 짐작할 수 없다. ㅂ. 그는 고기를 전혀 입에 대지 않는다. ㅅ. 그들의 관계는 전혀 진전이 없었다. ㅇ. 한국학은 제게 전혀 새로운 분야입니다.
（165）	ㄱ. 나는 그가 왜 그런 일을 했는지 도무지 모르겠다. ㄴ. 그 학생 이름이 도무지 생각이 안 난다. ㄷ. 그 사람과는 도무지 말이 안 통한다. ㄹ. 영희가 도무지 왜 그를 좋아하는지 모르겠다.
（166）	ㄱ. 그 일은 완전히 끝냈다. ㄴ. 그 사건 이후로 두 사람은 완전히 헤어졌다. ㄷ. 그는 친구에게도 속 마음을 완전히 드러내 놓지 않는다. ㄹ. 지금은 완전히 건강을 되찾았다. ㅁ. 아들이 결혼 후에는 완전히 독립할까?

G86 副詞（語）

說明：

在句子中，修飾動詞或形容詞的成分主要為副詞或具有副詞功能的副詞語。

1. 添加接尾辭：副詞產生的方法上有2種，一種是原生副詞，例如「아주」、「매우」等；另一種是轉成副詞，就是利用動詞或形容詞添加「-이」、「-히」、「-리」等接尾辭，將原本的詞性轉為副詞。（見「例167」、「例168」、「例169」）

빠르다（形容詞）：빠르＋이＝빨리（詞性：副詞／句子成分：副詞語）

2. 添加副詞形轉成語尾：也可在語幹後方加上語尾「-게」等，雖然詞性不改變，但可具有副詞的功能。（見「例170」、「例171」、「例172」）

빠르다（形容詞）：빠르＋게＝빠르게（詞性：形容詞／句子成分：副詞語）

例子：

（167）	ㄱ. 깨끗이 청소하세요.
	ㄴ. 10월 9일을 한글날로 제정해 세종대왕의 업적을 길이 빛고 있다.
	ㄷ. 비행기가 하늘 높이 날고 있다.

（168）	ㄱ. 수업 중에는 조용히 하세요.
	ㄴ. 편안히 주무셨어요?
	ㄷ. 요즘 열심히 직장에 다니고 있습니다.

(169)	ㄱ. 빨리 오세요. ㄴ. 그 소식을 널리 알렸습니다.

(170)	ㄱ. 깨끗하게 청소하세요. ㄴ. 직선을 이렇게 길게 그으세요. ㄷ. 비행기가 하늘 높게 날고 있다. ㄹ. 전철을 타고 빠르게 집에 돌아왔다.

(171)	ㄱ. 회의 분위기가 조용하게 싸우지 마세요. ㄴ. 편하게 주무셨어요? ㄷ. 요즘 즐겁게 직장에 다니고 있습니다.

(172)	ㄱ. 차가 빠르게 간다. ㄴ. 지도를 넓게 펼쳐 보세요.

G87 表現手段與方法的「(으)로」

品詞 / 意義：

助詞 / 以……、用……

說明：

1. 表示手段或工具的副詞格助詞。（見「例173」）

2. 表示方法、方式的副詞格助詞。（見「例174」）

3. 「子音＋으로」、「母音／-ㄹ＋로」

4. 副詞語當中的補助詞置放於助詞後方。例如：

N＋(으)로＋는、N＋(으)로＋도、N＋(으)로＋나

例子：

(173)	ㄱ. 한국 사람들은 사과를 손으로 쪼갤 수 있다.
	ㄴ. 음식에 꿀로 단맛을 낸다.
	ㄷ. 복잡한 계산은 안되는 머리로 하지 말고, 계산기로 하세요.
	ㄹ. 인천까지 비행기로 얼마나 걸립니까?
	ㅁ. 삼성전자는 새 기술로 핸드폰 개발에 성공했다.
	ㅂ. 그 문제는 감정으로만 하지 말고 가능하면 법으로 해결합시다.

(174)	ㄱ. 대만에서는 과일을 낱개로도 판다.
	ㄴ. 이곳에서는 큰 소리로도 떠들 수 있어요.
	ㄷ. 그의 물건은 염가로만 팔아 손님이 많다.

G88 「-아서 / 어서 / 여서」

品詞 / 意義 :

連結語尾（ 結語尾）/ 以……；用……

說明 :

1.「-아서 / 어서 / 여서」除了表原因之外，也表示手段或方法。（見「例175」）

2. 語幹末音節的母音為「ㅏ、ㅗ」時添加「-아서」，「ㅏ、ㅗ」以外添加「-어서」，「하다」則添加「-여서」。

例子 :

（175）	ㄱ. 옷에 단추를 달아서 장식했다. ㄴ. 선물을 예쁘게 포장해서 보냈다. ㄷ. 곰탕에 밥을 말아서 먹었다. ㄹ. 콩나물국에 고추가루를 넣어서 먹었다. ㅁ. 자료를 정리해서 보냈다. ㅂ. 한국어를 중국어로 번역해서 설명해 주었다. ㅅ. 오늘 동시 통역해서 만 원 벌었다. ㅇ. 학생이 잘못을 하면 불러서 야단치세요.

G89 「어쩌면」

品詞 / 意義：

副詞 / 到底如何

說明：

「어쩌면」除了「說不定」之意外，也有「到底如何……」之意，放在用言前作為表感嘆的副詞語，其後常添加「이렇게」、「그렇게」、「저렇게」來呼應使用。（見「例176」）

例子：

（176）	ㄱ. 그 친구는 어쩌면 농담을 유머스럽게 하는지 몰라.
	ㄴ. 양명산에 벚꽃이 어쩌면 그렇게 예쁜지.
	ㄷ. 문화대 학생들은 어쩌면 저렇게 한국말을 잘할까요?
	ㄹ. 한국어과 학생들은 어쩌면 이렇게도 인사를 잘하지?

UNIT 11 한국어를 왜 배워요? 為何學韓文?
한국이 좋아서 배워요. 喜歡韓國所以學。

G90 句型：主語＋目的語＋副詞語＋敘述語 / 누가 무엇을 왜 하다.

主語	目的語	副詞語	敘述語
누가	무엇을	왜	하다
혜미 씨는	한국어를	왜	배웠어요?
저는	한국어를	좋아해서	배웠어요.
그녀는	밥을	살빼려고	안 먹어요.
그는	그 영화를	심심해서	봤어요.
영희가	쌍꺼풀을	예뻐지려고	했어요.
영희는	현빈을	잘 생겨서	좋아합니다.
엄마가	직장을	우리 때문에	다니셨었다.
철수는	술을	운전 때문에	안 먹었다.
나는	학교를	시계 고장 때문에	늦었어요.
우리는	대학을	엄마 덕분에	졸업할 수 있었어요.
영희는	시장 조사를	위해서	갔었다.
철수가	학교를	늦잠으로 인해서	지각했습니다.
철수가	영희를	좋아해서	쫓아다녔습니다.
우리도	벚꽃을	보러	(양명산에) 갈까요?
엄마는	반찬거리를	사러	(시장에) 갑니다.

G91 「-아서 / 어서 / 여서」

品詞 / 意義：

連結語尾 / 因 …… ; 由於……

說明：

1. 接於用言語幹後，表示理由或根據的連結語尾。

2. 語幹末音節的母音為「ㅏ、ㅗ」時添加「-아서」,「ㅏ、ㅗ以外」添加「-어서」,「하다」則添加「-여서」。（見「例177」）

例子 / *錯誤：

（177）	ㄱ. 비가 와서 길이 미끄럽다. 　　*비가 와서 <u>길에</u> 미끄럽다. ㄴ. 사람이 많아서 전철이 복잡하다. 　　*사람이 많아서 <u>전철에</u> 복잡하다. ㄷ. 여름이 되어서 날씨가 덥다. 　　*<u>여름가</u> 되<u>여서</u> 날씨가 덥다. ㄹ. 공부를 열심히 해서 좋은 성적을 받았다. 　　*공부를 열심히 해서 좋은 <u>성적이</u> 받았다.

G92 「때문」

品詞 / 意義：

依存名詞 / 由於……的原因；緣故；理由

說明：

1. 接於名詞、代名詞，或語尾「-기」後方，表示產生敘述語的原因或理由。

2. 與表示根據的副詞格助詞「에」呼應使用，成為「때문에」的形態。極少數 的情況也使用「으로」。（見「例178」）

3. 以「N 때문에」或者「A / V＋기 때문에」的形態來運用。（見「例178」）

4. 通常否定的理由或原因：「때문에…」，肯定的理由或原因：「덕분에…」。 （見「例179」）

例子：

(178)	ㄱ. 부모님이 우리 때문에 고생을 하셨었다.
	ㄴ. 너 때문에 내가 얼마나 힘들었는지 아니?
	ㄷ. 요즘 업무가 많기 때문에 시간을 낼 수가 없다.
	ㄹ. 너 하나 때문에 해서 큰 일을 망칠 수도 있음을 명심해라.
	ㅁ. 오늘 음주를 했기 때문에 운전할 수 없다.

(179)	ㄱ. 늦잠 때문에 지각을 했다.
	ㄴ. 동생 때문에 야단을 맞았다.
	ㄷ. 학점이 모자라기 때문에 졸업을 못했다.
	ㄹ. 선생님 덕분에 말하기대회에서 상을 받았다.
	ㅁ. 매일 운동을 한 덕분에 건강해 졌다.
	ㅂ. 한국어 덕분에 유학도 가보게 됐다.

G93 「위해서」

品詞／意義：

위하다（他動詞）＋여서（連結語尾）／ 了……，所以……

說明：

1. 說明為了某種目的而進行敘述語內容時使用的表現。及中文的「為了……，所以……」。

2. 以「N＋을／를 위해서」或者「動詞/形容詞語幹＋기 위해서」的形態來使用。（見「例180」）

3. 「위해서」後方可接補助詞「는」，藉以表示強調之意。或者添加敘述格助詞「이다」並放在句子尾方，表示「是為了……」之意。（見「例181」）

例子：

（180）	ㄱ. 시장 조사를 위해(서) 한국 출장을 갔다왔다. ㄴ. 그 선생님은 후진 양성을 위해(서) 문화대에 평생을 바쳤다. ㄷ. 이사를 가기 위해(서) 물건을 정리했다. ㄹ. 아이를 위해(서) 직장을 그만두었다.

（181）	ㄱ. 그는 가정을 위해서는 뭐든지 최선을 다했다. ㄴ. 너를 구하기 위해선 그는 하늘의 별도 따러 갈거야. ㄷ. 엄마가 너를 야단친 것은 다 너를 위해서이다. ㄹ. 한국어과를 배우는 동기는 한국에 유학가기 위해서이다.

G94 「(으)로」

品詞 / 意義：

副詞格助詞 / 原因；緣故；理由

說明：

1. 表示某事的原因或理由時，所使用的副詞格助詞。

2.「母音、-ㄹ＋로」、「子音＋으로」（見「例182」）

3. 後方有時連接表示原因或理由的自動詞「말미암아」（말미암다）或「인하여」
（인하다）等，形成「-로 말미암아」、「-로 인하여」的表現文型。（見「例183」）

例子：

（182）	ㄱ. 요즘 많은 사람들이 암으로 죽는다. ㄴ. 철수가 아침에 지각으로 벌을 받았다. ㄷ. 추석 선물로 과일을 보냈다. ㄹ. 전철로 교통이 편해졌다. ㅂ. 핸드폰으로 실내전화를 거의 안 쓰게 된다. ㅅ. 감사하는 마음으로 카드를 보냈다. ㅇ. 여름엔 피부로 고생을 한다. ㅈ. 감기로 열이 심하게 났다.

（183）	ㄱ. 영희가 경제적 이유로 말미암아 이번 학기에 휴학하였다. ㄴ. 제가 어제 술로 인하여 실수를 했습니다. ㄷ. 아이가 아토피 피부로 인해 고생을 한다. ㄹ. 그 식당을 불친절한 서비스로 말미암아 손님이 없다.

G95 「-(으)러 가다 / 오다」

說明：

1. 接於動詞語幹後，表現去、來等移動的目的。

2. 「母音、ㄹ＋러」、「子音＋으러」（見「例184」）

例子：

（184）	ㄱ. 벚꽃 보러 양명산에 갈까요? ㄴ. 아버지는 돈을 벌러 그 회사에 다녔다. ㄷ. 반찬거리를 사러 시장에 갔다왔다. ㅁ. 영희가 나를 만나러 우리 기숙사에 왔었다. ㅂ. 김치찌개를 먹으러 한국 식당에 간다.

G96 「-어서」、「-니까」

品詞 / 意義：

副詞格助詞 / 原因；緣故；理由

說明：

1. 這2個語尾都可表示原因理由，但「-어서 / 아서」表客觀的原因，而「-(으)니까」則表主觀理由。（見「例185」）

2. 「-어서 / 아서」在使用時不與過去式結合，但「-(으)니까」則無此限制。（見「例186」）

3. 「-어서 / 아서」有使用上的限制，而「-(으)니까」則無。（見「例187」）

-어서 / 아서	敘述句、疑問句（*意向）、*勸誘句、*命令句
-(으)니까	敘述句、疑問句（意向）、勸誘句、命令句

4. 「-어서 / 아서」與一些單字形成慣用表現，而「-(으)니까」則否。（見「例188」）

-어서 / 아서	미안하다、감사하다、반갑다
-(으)니까	*미안하다、*감사하다、*반갑다

例子 / *錯誤：

（185）	ㄱ. 한국어 공부를 열심히 해서 한국어가 늘었어요. 　　문법 공부를 열심히 하니까 한국어가 늘었어요. ㄴ. 정 선생님은 한국 사람이어서 한국어 발음이 좋아요. 　　정 선생님은 서울 사람이니까 한국어 발음이 좋아요. ㄷ. 정 선생님은 외국인이어서 투표권이 없어요. 　　정 선생님은 외국인이니까 투표권이 없을 겁니다. ㄹ. 출퇴근 시간이라서 교통이 복잡해요. 　　출퇴근 시간이니까 교통이 복잡할 거에요.

（186）	ㄱ. 한국어를 반 년 배워서 한국어를 좀 할 줄 알아요. 　　*한국어를 반 년 배웠어서 한국어를 좀 할 줄 알아요. ㄴ. 한국어를 반 년 배웠으니까 한국어를 좀 할 줄 알아요. ㄷ. 집에 가서 밥을 먹었다. 　　*집에 갔어서 밥을 먹었다. ㄹ. 낮에 전화해서 기차표를 샀다. 　　*낮에 전화했어서 기차표를 샀다. ㅁ. 9시에 떠났으니까 12시에 도착했다. ㅂ. 하루종일 바쁘니까 저녁엔 쉬었다. ㅅ. 하루종일 바빴으니까 저녁엔 쉬었다. ㅇ. 하루종일 바빠서 저녁엔 쉬었다. 　　*하루종일 바빴어서 저녁엔 쉬었다.

(187)	ㄱ. 피곤해서 푹 쉬었다.
	피곤하니까 푹 쉬었다.
	ㄴ. 주말에 휴가여서 여행을 다녀왔다.
	주말에 휴가이니까 여행을 다녀왔다.
	ㄷ. 내일 태풍이 와서 휴강인가요?
	내일 태풍이 오니까 휴강인가요?
	ㄹ. 열이 많이 나니까 병원에 가볼래요?
	*열이 많이 나서 병원에 가볼래요?
	ㅁ. 날씨가 좋으니까 같이 여행가실래요?
	*날씨가 좋아서 같이 여행가실래요?
	ㅂ. 내일은 바쁘니까 주말에 만나요.
	*내일은 바빠서 주말에 만나요.
	ㅅ. 피곤하니까 더 이상 말하지 마세요!
	*피곤해서 더 이상 말하지 마세요!
	ㅇ. 건강에 안 좋으니까 담배를 피우지 마세요!
	*건강에 안 좋아서 담배를 피우지 마세요!

(188)	ㄱ. 거짓말을 해서 죄송합니다.	*거짓말 했으니까 죄송합니다.
	ㄴ. 약속을 못 지켜서 미안합니다.	*약속을 못 지켰으니까 미안합니다.
	ㄷ. 도와 주셔서 감사합니다.	*도와 주시니까 감사합니다.
	ㄹ. 지도해 주셔서 감사합니다.	*지도해 주시니까 감사합니다.
	ㅁ. 이렇게 만나서 반갑습니다.	*이렇게 만났으니까 반갑습니다.

12 修飾體言的冠形語

G97 何謂冠形語？

說明：

1. 位於體言前方，具有修飾體言的句子成分。

2. 可以擔任冠形語的成分有：冠形詞、體言、動詞及形容詞加上冠形詞形語尾、以及名詞形後方加上「의」等。

G98 冠形詞

說明：

1. 置於體言之前，修飾該體言的一種詞類。

2. 不添加助詞，也沒有語尾變化。

種類 / 例子：

如同「순 살코기」的「순」（純）是一種性狀冠形詞，「저 어린이」的「저」為一指示冠形詞，「한 사람」的「한」為一數冠形詞等。

1. 性狀冠形詞：表現人或事物的模樣、狀態、性質。例如，「새」、「헌」、「순」（純）等。（見「例189」）

2. 指示冠形詞：指定特定對象的冠形詞。例如，「이」、「저」、「그」、「다른」等。（見「例190」）

3. 數冠形詞：表示事物數量的冠形詞。例如，「한」、「두」、「세」、「네」、「다섯」等。（見「例191」）

(189)	ㄱ. 새 기분으로 일을 시작하자.
	ㄴ. 설날 아침에 새 옷으로 갈아 입었다.
	ㄷ. 헌 옷을 잘 정리해 복지 단체에 보냈다.
	ㄹ. 그 식당은 순 한국식 된장찌게가 나온다.
	ㅁ. 돼지고기 순 살코기로 한근 주세요.

(190)	ㄱ. 이분은 저희 교수님이십니다.
	ㄴ. 그 사람은 한국인이다.
	ㄷ. 저 여자는 연예인이다.
	ㄹ. 다른 물건은 없어요?

(191)	ㄱ. 두 사람의 관계는 여전히 좋다.
	ㄴ. 한국에서 인삼 한 근은 대만의 반 근 정도이다.

G99 冠形格助詞「의」

品詞 / 意義 :

助詞 / ⋯⋯的

說明 / 例子 :

1. 表所有、所屬（見「例192」）

（192）	ㄱ. 영이의 얼굴이 예쁘다.
	ㄴ. 그의 가방은 멋지다.
	ㄷ. 나의 옷이다.

2. 表動作或作用主體（見「例193」）

（193）	ㄱ. 가족의 단결로 역경을 극복하였다.
	ㄴ. 우리의 각오는 결정되었다.
	ㄷ. 친구의 부탁은 거절할 수 없다.

3. 表產生者或形成者（見「例194」）

（194）	ㄱ. 이것이 나의 작품이다.
	ㄴ. 그 이론이 다윈의 진화론이다.
	ㄷ. 가야금이 아니라, 거문고의 소리이다.
	ㄹ. 삼민주의는 손문의 건국 사상이다.

4. 表前者為後者動作的對象（見「例195」）

（195）	ㄱ. 문화대 한국어과에서 한국학의 연구가 이루어지고 있다. ㄴ. 자연의 관찰은 필요하다. ㄷ. 인권의 존중은 날로 중시되고 있다. ㄹ. 사회 질서의 확립은 중요하다.

5. 表相關（見「例196」）

（196）	ㄱ. 이 노래의 제목은 '서울의 찬가'이다. ㄴ. 이 지도는 대만의 지도이다.

6. 表示前者的屬性（量值）（見「例197」）

（197）	ㄱ. 기름은 물의 무게에 비해 가볍다. ㄴ. 온천물의 온도가 아주 높다. ㄷ. 국토의 면적은 한국에 비해 두 배이다.

7.表示屬性的所有者（見「例198」）

（198）	ㄱ. 난꽃의 향기가 잔잔하다. ㄴ. 요즘 한류의 유행에 놀랐다.

8. 表示目的或功能（見「例199」、「例200」）

（199） （200）	ㄱ. 축하의 전화를 받았다. （目的） ㄴ. 가을은 독서의 계절이다. （功能）

9. 前體言與後體言在意義上平等（見「例201」）

（201）	ㄱ. 대통령에게만 각하의 칭호를 쓴다.
	ㄴ. 김유신 장군은 삼국 통일의 대업을 이루었다.

10. 表具有社會關係或親屬關係（見「例202」、「例203」）

（202）	ㄱ. 철수는 나의 친구이다.（社會關係）
（203）	ㄴ. 그가 김 선생님의 아들이다.（親屬關係）

11. 表示所在位置（見「例204」）

（204）	ㄱ. 친구가 몸의 병으로 고생 중이다.
	ㄴ. 시골의 인심은 여전하다.
	ㄷ. 옷의 때가 안지워 진다.
	ㄹ. 하늘의 별처럼 눈이 반짝였다.
	ㅁ. 제주의 말은 조랑말이다.

12. 表示時機（見「例205」）

（205）	ㄱ. 여름의 바다는 정렬적이다.
	ㄴ. 민속촌에서 이조시대의 생활을 느낄 수 있다.
	ㄷ. 정오의 뉴스에 방송되었다.

13. 修飾後面的體言，表示程度或數量（見「例206」）

（206）	ㄱ. 100℃의 끓는 물을 부으세요.
	ㄴ. 제 키는 45kg의 몸무게가 표준입니다.
	ㄷ. 10년의 세월 동안 하나도 안 변했어요.
	ㄹ. 한 잔의 술에 취해 버렸어요.
	ㅁ. 어제 개막식에 10여 명의 사람이 몰려왔어요.

14. 表示整體與部分的關係（見「例207」）

（207）	ㄱ. 그 정책은 국민의 대다수가 반대한다. ㄴ. 할 수 없이 가진 돈의 얼마를 내놓았다.

15. 具有前面體言的特性（見「例208」）

（208）	ㄱ. 유관순은 조국을 위해 불굴의 투쟁을 했다. ㄴ. 섹스피어의 작품들은 불후의 명작이다.

16. 表比喻（見「例209」）

（209）	ㄱ. 영국의 대처 수상은 철의 여인이라 불린다. ㄴ. 마징거제트는 무쇠의 주먹으로 적을 물리쳤다.

17. 表示材料（見「例210」）

（210）	ㄱ. 상자에 순금의 보석들이 가득했다.

18. 前方的體言的行為產生某種結果（見「例211」）

（211）	ㄱ. 민족 투쟁의 열매로 독립이 되었다. ㄴ. 선거권은 자유 민주주의 건설의 역사의 산물이다.

19.具有所結合的助詞特性，藉以修飾後方體言（見「例212」）

（212）	ㄱ. 불경기에서의 경제적 압박으로 결혼기피자들이 늘고 있다. ㄴ. 출판식에서 저자와의 대화가 있었다.

G100 冠形格助詞「의」的省略

說明 / 例子：

下列的情況可省略冠形格助詞「의」。

1. 體言與體言之間有其他冠形語（見「例213」）

| （213） | ㄱ. 철수와의 나의 사랑 이야기 → 철수와 나의 사랑 이야기 |
| | ㄴ. 우리들의 추억의 여행 → 우리들의 추억 여행 |

2. 後方體言有2個以上（見「例214」）

（214）	ㄱ. 한국의 정치의 현황 → 한국의 정치 현황
	ㄴ. 오늘날의 시장의 경제 → 오늘날의 시장 경제
	ㄷ. 공민왕의 제도의 개혁 → 공민왕의 제도 개혁

3. 後方體言形成名詞句時（見「例215」）

| （215） | ㄱ. 취업의 어려움이 많다. → 취업 어려움이 많다. |
| | ㄴ. 그 영화의 예술성이 뛰어났다. → 그 영화 예술성이 뛰어났다. |

G101 冠形格助詞「의」的誤用

說明 / 例子：

冠形格助詞「의」的誤用，可有下列例子：（見「例216」）

1. 數字加上「의」並連結目的語，形成「數字의 目的語」時，此非自然的韓語表達。

2. 使用「의」取代主格助詞等，也非自然的韓語表達。

3. 應使用用言來敘述的句子，如使用「의」來改變句子結構，也非自然的韓語表達。

（216）	ㄱ. 커피 석 잔을 마셨다. / *석 잔의 커피를 마셨다. 　　（數量後使用「의」接名詞） ㄴ. 내가 살던 고향 / *나의 살던 고향 （使用為主格助詞） ㄷ. 신비한 세계 / *신비의 세계 （使用為冠形語）

G102 接詞「-적」

品詞 / 意義：

接詞 / ……的；……性

說明：

接在部分名詞或名詞句後方，表現屬於某種性質、某種狀態、或者與什麼有關係等意義。（見「例217」）

例子：

（217）	ㄱ. 적극적 태도　積極性的態度 ㄴ. 국가적 이익　國家的利益 ㄷ. 기술적 문제　技術性的問題 ㄹ. 문화적 차이　文化的差異 ㅁ. 비교적 방법　比較的方法 ㅂ. 사교적 예의　社交的 儀 ㅅ. 일반적 평가　一般的評價 ㅇ. 전국적 활동　全國性的活動 ㅈ. 인간은 정치적 동물이다.　人是政治性的動物

G103 表現時制的冠形詞形語尾

1. 現在形冠形詞形語尾

時　態	現在進行：【-ㄴ】/【-은】/【-는】			
品　詞	語幹末音為【子音】		語幹末音為【母音】	
動　詞	【-는】	(먹다)먹는 것	【-는】	(가다) 가는 곳
形容詞	【-은】	(좋다)좋은 때	【-ㄴ】	(예쁘다)예쁜 사람
特殊形態	(있다) 있는 일、(없다) 없는 일、(하다) 하는 일			

2. 過去形冠形詞形語尾

（1）現在完了（終結之意）

時　態	現在進行：【-ㄴ】/【-은】			
品　詞	語幹末音為【子音】		語幹末音為【母音】	
動　詞	【-은】	(먹다)먹은 것	【-ㄴ】	(가다)간 곳
形容詞	×		×	
特殊形態	(하다) 한 일			

（2）過去的推測

時　態	過去推測：【-았을】/【-었을】	
品　詞	語幹母音為【ㅏ、ㅗ】	語幹母音為【ㅏ、ㅗ以外】
動　詞	(가다) 갔을 때	(먹다) 먹었을 때
形容詞	(좋다)좋았을 때	(예쁘다)예뻤을 때
特殊形態	(있다) 있었을 때、(없다) 없었을 때、(하다) 했을 때	

（3）過去的回想

時　態	過去回想：【던】			
品　詞	語幹末音為【子音】		語幹末音為【母音】	
動　詞	【-던】	(먹다)먹던 것	【-던】	(가다)　가던 곳
形容詞		(좋다)좋던 때		(예쁘다)예쁘던 사람
特殊形態	(있다) 있던 일、(없다) 없던 일、(하다) 하던 일			

（4）過去的經驗

時　態	過去經驗：【-았던】/【-었던】	
品　詞	語幹母音為【ㅏ、ㅗ】	語幹母音為【ㅏ、ㅗ以外】
動　詞	(가다) 갔었던 곳	(먹다)　먹었던 것
形容詞	(좋다) 좋았던 때	(예쁘다) 예뻤던 사람
特殊形態	(있다) 있었던 일、(없다) 없었던 일、(하다) 했던 일	

3. 未來形冠形詞形語尾

時　態	未來（預定、推測、意志）：【-ㄹ/을】			
品　詞	語幹末音為【子音】		語幹末音為【母音】	
動　詞	【-을】	(먹다)먹을 것	【-ㄹ】	(가다)　갈 곳
形容詞	【-을】	(좋다)좋을 때	【-ㄹ】	(예쁘다)예쁠 사람
特殊形態	(있다) 있을 일、(없다) 없을 일、(하다) 할 일			

4. 常用用言的冠形詞形

常用單字冠形詞形語尾的活用

基本形	中文意義	詞性	未來 -ㄹ/을	現在進行 -ㄴ/은/는	完了 -ㄴ/은	過去推測 -았/었을	過去回想 -던	過去經驗 -았/었던
가다	去	動	갈	가는	간	갔었을	가던	갔던
가르치다	教	動	가르칠	가르치는	가르친	가르쳤을	가르치던	가르쳤던
계시다	在	動	계실	계시는	-	계셨을	계시던	계셨던
만나다	見面	動	만날	만나는	만난	만났을	만나던	만났던
말하다	説	動	말할	말하는	말한	말했을	말하던	말했던
먹다	吃	動	먹을	먹는	먹은	먹었을	먹던	먹었던
배우다	學	動	배울	배우는	배운	배웠을	배우던	배웠던
사다	買	動	살	사는	산	샀을	사던	샀던
쉬다	休息	動	쉴	쉬는	쉰	쉬었을	쉬던	쉬었던
앉다	坐	動	앉을	앉는	앉은	앉았을	앉던	앉았던
오다	來	動	올	오는	온	왔을	오던	왔던
운동하다	運動	動	운동할	운동하는	운동한	운동했을	운동하던	운동했던
자다	睡	動	잘	자는	잔	잤을	자던	잤던
적다	寫	動	적을	적는	적은	적었을	적던	적었던
좋아하다	喜歡	動	좋아할	좋아하는	좋아한	좋아했을	좋아하던	좋아했던
타다	乘	動	탈	타는	탄	탔을	타던	탔던
있다	在；有	動/形	있을	있는	-	있었을	있던	있었던
맛없다	不好吃	形	맛없을	맛없는	-	맛없었을	맛없던	맛없었던
맛있다	好吃	形	맛있을	맛있는	-	맛있었을	맛있던	맛있었던
복잡하다	複雜	形	복잡할	복잡한		복잡했을	복잡하던	복잡했던
아니다	不是	形	아닐	아닌		아니었을	아니던	아니었던
없다	無	形	없을	없는	-	없었을	없던	없었던
재미없다	無趣	形	재미없을	재미없는	-	재미없었을	재미없던	재미없었던
재미있다	有趣	形	재미있을	재미있는	-	재미있었을	재미있던	재미있었던
피곤하다	累	形	피곤할	피곤한	-	피곤했을	피곤하던	피곤했던

G104 特殊變化與不規則用言的冠形詞形（＃為不規則用言）

1.「ㄹ」脫落

「ㄹ」脫落：ㄹ＋ㄴ、ㅂ、ㅅ＝「ㄹ」脫落

基本形	中文意義	詞性	未來 -ㄹ/을	現在進行 -ㄴ/은/는	完了 -ㄴ/은	過去推測 -았/었을	過去回想 -던	過去經驗 -았/었던
놀다	玩	動	놀	노는	논	놀았을	놀던	놀았던
들다	舉；拿	動	들	드는	든	들었을	들던	들었던
만들다	製作	動	만들	만드는	만든	만들었을	만들던	만들었던
살다	住；生活	動	살	사는	산	샀을	살던	살았던
쓸다	掃	動	쓸	쓰는	쓴	쓸었을	쓸던	쓸었던
알다	知道	動	알	아는	안	알았을	알던	알았던
열다	開	動	열	여는	연	열었을	열던	열었던
울다	哭	動	울	우는	운	울었을	울던	울었던
팔다	賣	動	팔	파는	판	팔았을	팔던	팔았던

2.「으」脫落

「으」脫落：用言詞幹尾字有母音「으」＋아/어/여＝尾字「으」脫落

基本形	中文意義	詞性	未來 -ㄹ/을	現在進行 -ㄴ/은/는	完了 -ㄴ/은	過去推測 -았/었을	過去回想 -던	過去經驗 -았/었던
쓰다	用	動	쓸	쓰는	쓴	썼을	쓰던	썼던
따르다	跟	動	따를	따르는	따른	따랐을	따르던	따랐던
아프다	痛	形	아플	아픈	-	아팠을	아프던	아팠던
예쁘다	漂亮	形	예쁠	예쁜	-	예뻤을	예쁘던	예뻤던
바쁘다	忙	形	바쁠	바쁜	-	바빴을	바쁘던	바빴던

3.「르」不規則

「르」不規則：用言詞幹尾字為르＋아/어/여＝前字添加「ㄹ」、尾字「一」脫落

基本形	中文意義	詞性	未來 -ㄹ/을	現在進行 -ㄴ/은/는	完了 -ㄴ/은	過去推測 -았/었을	過去回想 -던	過去經驗 -았/었던
흐르다	流	動	흐를	흐르는	흐른	흘렀을	흐르던	흘렀던
기르다	培養	動	기를	기르는	기른	길렀을	기르던	길렀던
모르다	不知	動	모를	모르는	모른	몰랐을	모르던	몰랐던
다르다	不同	形	다를	다른	-	달랐을	다르던	달랐던
빠르다	快	形	빠를	빠른	-	빨랐을	빠르던	빨랐던

4.「ㅂ」用言與「ㅂ」不規則用言

「ㅂ」用言與「ㅂ」不規則用言（「ㅂ」不規則用言：ㅂ＋ㄴ、시、어＝「ㅂ」變形「오/우＋ㄴ、시、어」）

基本形	中文意義	詞性	未來 -ㄹ/을	現在進行 -ㄴ/은/는	完了 -ㄴ/은	過去推測 -았/었을	過去回想 -던	過去經驗 -았/었던
넓다	寬	形	넓을	넓은	-	넓었을	넓던	넓었던
좁다	狹	形	좁을	좁은	-	좁았을	좁던	좁았던
입다	穿	動	입을	입는	입은	입었을	입던	입었던
집다	挾	動	집을	집는	집은	집었을	집던	집었던
업다	背	動	업을	업는	업은	업었을	업던	업었던
씹다	嚼	動	씹을	씹는	씹은	씹었을	씹던	씹었던
뽑다	抽	動	뽑을	뽑는	뽑은	뽑았을	뽑던	뽑았던
붙잡다	抓	動	붙잡을	붙잡는	붙잡은	붙잡았을	붙잡던	붙잡았던
잡다	抓	動	잡을	잡는	잡은	잡았을	잡던	잡았던
#돕다	忙	動	도울	돕는	도운	도왔을	돕던	도왔던
#반갑다	幸會	形	반가울	반가운	-	반가웠을	반갑던	반가웠던
#고맙다	謝	形	고마울	고마운	-	고마웠을	고맙던	고마웠던
#아름답다	美	形	아름다울	아름다운	-	아름다웠을	아름답던	아름다웠던
#맵다	辣	形	매울	매운	-	매웠을	맵던	매웠던
#곱다	美麗	形	고울	고운	-	고왔을	곱던	고왔던

5.「ㄷ」用言與「ㄷ」不規則用言

「ㄷ」用言與「ㄷ」不規則用言（「ㄷ」不規則用言：ㄷ＋母音＝「ㄷ」變形「ㄹ＋母音」）

基本形	中文意義	詞性	未來 -ㄹ/을	現在進行 -ㄴ/은/는	完了 -ㄴ/은	過去推測 -았/었을	過去回想 -던	過去經驗 -았/었던
받다	收	動	받을	받는	받은	받았을	받던	받았던
얻다	得	動	얻을	얻는	얻은	얻었을	얻던	얻었던
닫다	關	動	닫을	닫는	닫은	닫았을	닫던	닫았던
쏟다	倒	動	쏟을	쏟는	쏟은	쏟았을	쏟던	쏟았던
믿다	信賴	動	믿을	믿는	믿은	믿었을	믿던	믿었던
#걷다	走	動	걸을	걷는	걸은	걸었을	걷던	걸었던
#묻다	問	動	물을	묻는	물은	물었을	묻던	물었던
#듣다	聽	動	들을	듣는	들은	들었을	듣던	들었던
#싣다	載	動	실을	싣는	실은	실었을	싣던	실었던
#깨닫다	悟	動	깨달을	깨닫는	깨달은	깨달았을	깨닫던	깨달았던

6.「ㅎ」用言與「ㅎ」不規則用言

「ㅎ」用言與「ㅎ」不規則用言（「ㅎ」不規則用言：ㅎ＋ㄴ、애、오＝「ㅎ」脫落）

基本形	中文意義	詞性	未來 -ㄹ/을	現在進行 -ㄴ/은/는	完了 -ㄴ/은	過去推測 -았/었을	過去回想 -던	過去經驗 -았/었던
#노랗다	黃	形	노랄	노란	-	노랬을	노랗던	노랬던
#빨갛다	紅	形	빨갈	빨간	-	빨갰을	빨갛던	빨갰던
#하얗다	白	形	하얄	하얀	-	하얬을	하얗던	하얬던
낳다	生	動	낳을	낳는	낳은	낳았을	낳던	낳았던
넣다	放進	動	넣을	넣는	넣은	넣었을	넣던	넣었던
괜찮다	好	形	괜찮을	괜찮은	-	괜찮았을	괜찮던	괜찮았던
많다	多	形	많을	많은	-	많았을	많던	많았던
싫다	嫌惡	形	싫을	싫은	-	싫었을	싫던	싫었던
좋다	好	形	좋을	좋은	-	좋았을	좋던	좋았던

7.「ㅅ」用言與「ㅅ」不規則用言

「ㅅ」用言與「ㅅ」不規則用言（「ㅅ」不規則用言：ㅅ＋母音＝「ㅅ」脫落）

基本形	中文意義	詞性	未來 -ㄹ/을	現在進行 -ㄴ/은/는	完了 -ㄴ/은	過去推測 -았/었을	過去回想 -던	過去經驗 -았/었던
#긋다	劃	動	그을	긋는	그은	그었을	긋던	그었던
#낫다	痊癒	動	나을	낫는	나은	나았을	낫던	나았던
#붓다	倒	動	부을	붓는	부은	부었을	붓던	부었던
#잇다	接	動	이을	잇는	이은	이었을	잇던	이었던
#짓다	作	動	지을	짓는	지은	지었을	짓던	지었던
벗다	脫	動	벗을	벗는	벗은	벗었을	벗던	벗었던
빼앗다	奪	動	빼앗을	빼앗는	빼앗은	빼앗을	빼앗던	빼앗었던
씻다	洗	動	씻을	씻는	씻은	씻었을	씻던	씻었던
웃다	笑	動	웃을	웃는	웃은	웃었을	웃던	웃었던

UNIT 13 尊待表現

G105 人稱代名詞尊待表現

	我 / 我們	你 / 你們	他 / 他們
尊待語	×	당신 / 당신들	그분 / 그분들
一般用語（非敬語）	나 / 우리	너 / 너희	그、그녀 / 그들、그녀들
謙讓語	저 / 저희	×	×

1. 說話者不可對自己使用尊待語，因此「我」沒有尊待語形態。

2. 「너 / 너희」非為禮貌性的稱呼，在社交場合不使用。而「당신」的使用也受限制，因此嚴格來說韓語當中極少使用第二人稱代名詞，談話中通常省略第二人稱代名詞，或以姓名、職稱等來稱呼對方。

3. 謙讓是貶低自我，藉以尊敬他人，即一種「卑己尊人」的方法。

G106 名詞尊待表現

1. 名詞＋님：在姓名或職稱、特定名詞後添加接尾詞「님」，藉以表現尊敬。

中文	一般用語	尊待語
老師	선생	선생님
社長	사장	사장님
牧師	목사	목사님
教授	교수	교수님

2. 名詞類尊待語：有些名詞，本身就具有另外一個形態的尊待語，下面例子屬
   於此類。

中文	一般用語	尊待語
人	사람	분
飯；餐	밥	진지
話語	말	말씀
生日	생일	생신
年齡	나이	연세
名字	이름	성함
家	집	댁
女兒；兒子	딸 / 아들	따님 / 아드님

3. 助詞的尊待表現：在表示尊敬的名詞後方，可使用表現尊待的助詞。

主格助詞	與格助詞
名詞尊待語＋께서	名詞尊待語＋께
선생님께서	선생님께
목사님께서	목사님께
교수님께서	교수님께
사장님께서	사장님께

4. 謙讓語：想對聽者表示尊敬時，也可透過謙讓表示尊敬。

一般用語	謙讓語
우리（我們）	저희 （我們）
말 （話語）	말씀 （話語）
아들（兒子）	아들놈（兒子）
아내（妻子）	집사람（家眷）
원고（原稿）	졸고 （拙稿）
의견（意見）	우견 （愚見）
당사（當社）	폐사 （敝社）

*「말씀」為話語的意思，當形容他人說的話語時，可以尊稱使用「말씀」；
而形容自己說的話語時，也可使用「말씀」貶低自己的話語，表現謙讓態
度。因此「말씀」同時具有尊待語以及謙讓語兩種性質。

G107 動詞/形容詞的尊待表現

1. 詞幹＋「-시-」的敬語形態態：在用言後方添加表尊敬的先語末語尾「-시-」，
可表示對動作主或狀態主的尊敬（主體尊待法），例如下例表格：

原形		敬語
가다		가시다
하다		하시다
앉다	加上先語末語尾「-시-」	앉으시다
좋다		좋으시다
아프다		아프시다
이다		이시다

178

2. 動詞 / 形容詞敬語：有些動詞 / 形容詞本身就具有另一形態的敬語，下面例子屬於此類。

中文	一般用語	尊待語
在	있다	계시다
吃	먹다	드시다 / 잡수시다(잡수다)
死	죽다	돌아가시다
睡	자다	주무시다
不適；痛	아프다	편찮으시다(편찮다)

3. 謙讓語：想對聽者表示尊敬時，也可透過謙讓語來說明自己的動作，藉以表現尊敬。

中文	一般用語	謙讓語
見	보다	뵈다 / 뵙다
問	묻다	여쭈다 / 여쭙다
給	주다	드리다
照顧	돌보다	모시다
帶去；帶來	데리고 가다 / 오다	모시고 가다 / 오다

G108 語末語尾的尊待表現

一般可透過「-아요 / 어요 / 여요」、「-ㅂ니다 / 습니다」等語尾，表現對談話對象的尊敬（對象尊待法）。韓語依照說話對象的不同，有多種不同的尊待表現，不過一般日常生活中，通常多用下列4種：

原形	非尊待表現		尊待表現	
	非格式體下待表現	格式體下待表現	非格式體尊待表現	格式體尊待表現
가다	가	간다	가요	갑니다
하다	해	한다	해요	합니다
앉다	앉아	앉는다	앉아요	앉습니다
좋다	좋아	좋다	좋아요	좋습니다
아프다	아파	아프다	아파요	아픕니다
이다	이야 / 야	이다	이에요 / 예요	입니다

「非尊待表現 → 尊待表現」例子：

1. 내가 정윤도이다.

　　→ 제가 정윤도입니다.

2. 내가 할게요!

　　→ 제가 하겠습니다!

3. 이 사람은 내 **여자** 친구 엄마다.

　　→ 이분께서는 제 **여자** 친구 어머님이십니다.

4. 그 친구는 누구 **친구**야?

　　→ 그 친구 분은 어느 분 **친구**이십니까?

5. 너 이름이 **정윤도**인가?

　　→ 선생님 성함이 **정윤도**이십니까?

6. 미안해. 내 아이가 잘못했어!

　　→ 미안합니다. 제 자식이 잘못했습니다!

7. 그는 우리 아버지 친구이다.

→ 그분은 저희 아버님 친구 분이십니다.

8. 우리는 내일 할머니를 보러 시골에 간다.

→ 저희는 내일 할머님을 뵈러 시골에 갑니다.

9. 저 사람에게 길을 물어보자!

→ 저 분께 길을 여쭈어 보시지요!

10. 첫월급을 타면 할머니에게 용돈을 주고 싶다.

→ 첫월급을 타면 할머님께 용돈을 드리고 싶습니다.

11. 내일 할머니는 내가 돌보겠다.

→ 내일 할머님은 제가 돌보겠습니다.

12. 내가 내일 할머니를 시골에서 데리고 온다.

→ 제가 내일 할머님을 시골에서 모시고 옵니다.

13. 나중에 부모를 데리고 살겠다.

→ 나중에 부모님을 모시고 살겠습니다.

14. 엄마는 총각김치를 잘 먹는다.

→ 어머님께서는 총각김치를 잘 드십니다(먹으십니다).

15. 그 선물은 사장이 주었다.

→ 그 선물은 사장님께서 주셨습니다.

16. 김 사장에게 그 서류를 주고 와라!

→ 김 사장님께 그 서류를 드리고 오십시오(오세요)!

17. 친구 어머니에게 인사를 했다.

→ 친구 어머님께 문안을 올렸습니다(드렸습니다).

18. 선생님은 아파서 집에서 쉬고 있다.

→ 선생님께서는 편찮으셔서(아프셔서) 댁에서 쉬고 계십니다.

19. 그녀는 **한국** 사람이다.

　　→ 그분은 **한국** 분이십니다.

20. **몇** 사람이 **같이** 왔어요?

　　→ **몇** 분께서 **같이** 오셨습니까?

21. 너의 이름이 무엇이지?

　　→ 선생님 성함이 어떻게 되십니까?

22. 그녀는 우리 **학교** 교수다.

　　→ 그분은 저희 **학교** 교수님이십니다.

23. 정 교수가 내게 **빌려준** 책이다.

　　→ 정 교수님께서 제게 **빌려준** 책입니다.

24. 정 교수에게 **책을** 돌려 주었다.

　　→ 정 교수님께 **책을** 돌려 드렸습니다.

25. 할머니 밥 먹어요!

　　→ 할머님 진지 드십시오(드세요)!

26. 아버지 말을 꼭 명심해라.

　　→ 아버님 말씀을 꼭 명심하십시오(하세요).

27. 오늘은 우리 할머니 생일이다.

　　→ 오늘은 저희 할머님 생신이십니다.

28. 올해 할머니 나이가 **몇** 살이지?

　　→ 올해 할머님 연세가 **몇** 세이십니까?

29. 할아버지는 **작년에** 죽었다.

　　→ 할아버님께서는 **작년에** 돌아가셨습니다(돌아가셨다).

30. 할머니가 **지금 낮잠을** 잔다.

　　→ 할머님께서 **지금 낮잠을** 주무십니다(주무시고 계십니다).

31. 우리 아버지는 시장에서 장사를 하고 있다.

　　→ 저희 아버님께서는 시장에서 장사를 하고 계십니다.

32. 아마 그의 사장이 이전에 선생을 했었지!

　　→ 아마 그 분의 사장님께서 이전에 선생님을 하셨었지요!

33. 나는 좋은 이모가 세 명이나 있다.

　　→ 저는 좋은 이모님께서 세 분이나 있으십니다.

34. 내 아이가 잘못했다.

　　→ 제 자식이 잘못했습니다.

35. 어머니는 잘 있니?

　　→ 어머님께서는 잘 계십니까?

36. 공부를 열심히 해라!

　　→ 공부를 열심히 하십시오(하세요)!

37. 대통령 아들과 딸이 다 노래를 잘 한다지요?

　　→ 대통령 아드님과 따님이 다 노래를 잘 한다지요?

38. 우리 엄마가 피아노를 잘 치지요?

　　→ 저희 어머니께서는 피아노를 잘 치시지요?

39. 오늘 음식이 참 맛있어요!

　　→ 오늘 음식이 참 맛있습니다!

40. 오늘 날씨가 참 좋다!

　　→ 오늘 날씨가 참 좋습니다!

41. 할머니 안녕! 한국에서 재미있게 놀다 와!

　　→ 할머님 안녕히 가세요! 한국에서 재미있게 노시다 오세요!

42. 너희들 조용히 해!

　　→ 여러분 조용히 하십시오!

G109 尊待表現的誤用與濫用

說明 / 例子：

1. 있다：以動詞使用時，其敬語為「계시다」，以形容詞使用時，其敬語為「있으시다」。（見「例218」）

（218）	ㄱ. 선생님이 수업을 하고 있다. 　→ 선생님께서 수업을 하고 계신다. ㄴ. 선생님이 연구실에 있다（在）. 　→ 선생님이 연구실에 계십니다（在）　　*있으시다. ㄷ. 선생님은 손자가 있다（有）. 　→ 선생님께서는 손자가 있으시다（有）　*계시다.

2. 與尊敬對象相關的身體部分，可以使用敬語法。但對於尊敬對象的穿著或攜帶物品則不需使用敬語法。（見「例219」）

（219）	ㄱ. 영희야, 우리 할머니는 눈이 밝아! 　→ 우리 할머니는 눈이 밝으셔! ㄴ. 영희야, 우리 할머니는 귀가 밝아! 　→ 우리 할머니는 귀가 밝으셔! ㄷ. 영희야, 우리 선생님은 키가 커! 　→ 우리 선생님은 키가 크셔! ㄹ. 영희야, 우리 선생님은 피부가 좋아! 　→ 우리 선생님은 피부가 좋으셔! ㅁ. 과장님, 오늘 넥타이가 예쁩니다! 　*과장님, 오늘 넥타이가 <u>예쁘십니다</u>! ㅂ. 선생님, 옷이 아름답습니다! *선생님, 옷이 <u>아름다우십니다</u>.

3. 「계시다」的濫用情況（見「例220」）

（220）	ㄱ. SS전자 CEO이신 이○○ 사장님 　*SS전자 <u>CEO으로 계시는</u> 이○○ 사장님 ㄴ. 그분 선친께서 SS전자 회장이셨지요. 　*그분 선친께서 SS전자 <u>회장으로 계셨지요</u>

4. 「-시-」的濫用（見「例221」）

（221）	ㄱ. 선생님께서 너보고 오라고 하셔(오라셔). 　*선생님께서 너보고 <u>오시래</u>. ㄴ. 할아버지께서 아버지를 오라시는데요. (오라고 하시는데요) 　*할아버지께서 아버지를 <u>오시라시는데요</u>. (*오시라고 하시는데요)

練習題：

1. 내가 정윤도이다. → _____

2. 내가 할게요! → _____

3. 이 사람은 내 여자 친구 엄마다. → _____

4. 그 친구는 누구 친구야? → _____

5. 너 이름이 정윤도인가? → _____

6. 미안해. 내 아이가 잘못했어! → _____

7. 그는 우리 아버지 친구이다. → _____

8. 우리는 내일 할머니를 보러 시골에 간다. → _____

9. 저 사람에게 길을 물어보자! → _____

10. 첫월급을 타면 할머니에게 용돈을 주고 싶다. → _____

11. 내일 할머니는 내가 돌보겠다. → _____

12. 내가 내일 할머니를 시골에서 데리고 온다. → _____

13. 나중에 부모를 데리고 살겠다. → _____

14. 엄마는 총각김치를 잘 먹는다. → _____

15. 그 선물은 사장이 주었다. → _____

16. 김 사장에게 그 서류를 주고 와라! → _____

17. 친구 어머니에게 인사를 했다. → _____

18. 선생님은 아파서 집에서 쉬고 있다. → _____

19. 그녀는 한국 사람이다. → _____

20. 몇 사람이 같이 왔어요? → _____

21. 너의 이름이 무엇이지? → _____

22. 그녀는 우리 학교 교수다. → _____

23. 정 교수가 내게 빌려준 책이다. → _____

24. 정 교수에게 책을 돌려 주었다. → _____

25. 할머니 밥 먹어요! → _____

26. 아버지 말을 꼭 명심해라. → _____

27. 오늘은 우리 할머니 생일이다. → _____

28. 올해 할머니 나이가 몇 살이지? → _____

29. 할아버지는 작년에 죽었다. → _____

30. 할머니가 지금 낮잠을 잔다. → _____

31. 우리 아버지는 시장에서 장사를 하고 있다. → _____

32. 아마 그의 사장이 이전에 선생을 했었지! → _____

33. 나는 좋은 이모가 세 명이나 있다. → _____

34. 내 아이가 잘못했다. → _____

35. 어머니는 잘 있니? → _____

36. 공부를 열심히 해라! → _____

37. 대통령 아들과 딸이 다 노래를 잘 한다지요? → _____

38. 우리 엄마가 피아노를 잘 치지요? → _____

39. 오늘 음식이 참 맛있어요! → _____

40. 오늘 날씨가 참 좋다! → _____

41. 할머니 안녕! 한국에서 재미있게 놀다 와! → _____

42. 너희들 조용히 해! → _____

UNIT 14 連結表現

G110 並列連結表現

品詞 / 意義：

1.「와 / 과」、「하고」：助詞 / 並列（和；還有）

2.「그리고」：接續副詞 / 並列（還有）

3.「-고」：結語尾 / 並列（還有）

說明：

1.「와 / 과」、「하고」用於平行連接單詞，為一格助詞。其中「와 / 과」多用於書面語，「하고」多用於口語。（見「例222」）

2.「그리고」用於平行連接單詞、句、節、句子等，為一連接副詞。（見「例222」）

3.「-고」則使用於連結2個或2個以上的敘述語，為一連結語尾。（見「例222」）

4. 依照下列方式使用。

（1）母音＋「와 / 하고」、子音＋「과 / 하고」（見「例223」）

（2）用言語幹＋「-고」。若2個用言都為過去式，在使用「-고」連接時，僅在第二個用言加上過去式即可。（見「例224」）

例子 / *錯誤：

（222）	ㄱ. 나와 영희 → 나하고 영희 → 나 그리고 영희 *나고 영희 ㄴ. 나는 사과와 배와 바나나를 좋아한다. 　　→ 나는 사과하고 배하고 바나나를 좋아한다. 　　→ 나는 사과, 그리고 배, 그리고 바나나를 좋아한다. 　　*나는 사과고 배고 바나나를 좋아한다. ㄷ. 아버지는 회사원이다. 그리고 어머니는 가정주부이다. 　　→ 아버지는 화사원이고 어머니는 가정주부이다.

（223）	ㄱ. 나와 너 → 나하고 너 *나과 너 ㄴ. 선생님과 학생 → 선생님하고 학생 *선생님와 학생

（224）	ㄱ. 아버지는 순두부를 먹었다. 그리고 어머니는 비빔밥을 먹었다. 　　→ 아버지는 순두부를 먹고 어머니는 비빔밥을 먹었다. ㄴ. 작년에는 1등이었다. 그리고 올해도 1등이다. 　　→ 작년에는 1등이었고 올해도 1등이다.

G111 「-고 나다」

品詞 / 意義：

「-고」（ 結語尾）＋「나다」（補助動詞）/ 做了……之後

說明：

表示前面的動作已經終結，此時的連結語尾「-고」只可與動詞相接。（見「例255」）

例子 / *錯誤：

（225）	ㄱ. 나는 시험을 보고 나니 마음이 후련했다. 　*시험을 보았고 나니 마음이 후련한다. 　*나는 시험을 보았다. 그리고 나니 마음이 후련했다. ㄴ. 목욕을 하고 나니 몸이 가볍다. ㄷ. 엄마는 아이 전화를 받고 나니 안심이 되었다.

G112 「그래서」與「-아서 / 어서 / 여서」

品詞 / 意義：

1.「그래서」：接續副詞 / 所以……；由於……；因此……

2.「-아서 / 어서 / 여서」：連結語尾 / 所以……；由於……；因此……

說明：

1.「그래서」連結2個完整的句子，代表前面句子為後面句子的原因或根據。它
為一個接續副詞，置放於後句的最前方。（見「例226」）

2.「-아서 / 어서 / 여서」則是連結2個用言，代表前文為後文的理由或根據。它
為連結語尾，置放於前面小句的用言語幹。（見「例226」）

3.（原因）（그래서 結果）→ 原因 해서（하＋여서），結果……
감기에 걸리었다(걸렸다). 그래서(-아서 / 어서 / 여서) 학교에 못 갔다.
→ 기에 걸려서(걸리＋어서) 학교에 못 갔다.

例子 / *錯誤：

（226）	ㄱ. 어제는 많이 아팠어요.(아프다) 그래서 결석했어요. 　　→ 어제는 많이 아파서 결석했어요. 　　*어제는 많이 아팠서 결석했어요 ㄴ. 시험 공부를 열심히 했어요.(하다) 그래서 시험을 잘 봤습니다. 　　→ 시험 공부를 열심히 해서 시험을 잘 봤습니다. 　　*시험 공부를 열심히 해서 시험을 잘 봅니다. ㄷ. 이전에 학과 TA이었어요.(이다) 그래서 학과 일을 잘 알고 있습니다. 　　→ 이전에 학과 TA이어서(여서), 학과 일을 잘 알고 있습니다. 　　*이전에 학과 TA였어, 학과 일을 잘 알고 이였습니다.

G113 「왜냐하면」

品詞 / 意義 :

接續副詞 / 因 ……

說明 :

1. 結果（왜냐하면 原因……기 때문입니다.）

原因（그래서 結果）

시험을 못 봤습니다. 왜냐하면 시험 공부를 안 했기 때문입니다.

→ 시험 공부를 안 했습니다. 그래서 시험을 못 봤습니다.

→ 시험 공부를 안해서 시험을 못 봤습니다. （見「例227」）

2. 왜냐하면（動詞 / 形容詞）語幹＋기（轉成名詞的語尾）때문입니다.

왜냐하면 N（名詞或名詞形）때문입니다. （見「例228」）

例子 :

（227）	ㄱ. 영희가 울었습니다. 왜냐하면 남자 친구하고 헤어졌기 때문입니다. 　→ 영희가 남자 친구하고 헤어졌습니다.(헤어지다) 그래서 울었습니다. 　→ 영희가 남자 친구하고 헤어져서 울었습니다. ㄴ. 영희가 병원에 입원했습니다. 왜냐하면 독감에 걸렸기 때문입니다. 　→ 영희가 독감에 걸렸습니다.(걸리다) 그래서 병원에 입원했습니다. 　→ 영희가 독감에 걸려서 병원에 입원했습니다.
（228）	ㄱ. 영희가 속상했습니다. 왜냐하면 철수 때문입니다. 　→ 영희가 철수 때문에 속상했습니다. ㄴ. 요즘 영희는 피곤합니다. 왜냐하면 무리한 알바 때문입니다. 　→ 요즘 영희는 무리한 알바 때문에 피곤합니다. ㄷ. 영희는 병원에 갔습니다. 왜냐하면 불면증 때문입니다. 　→ 영희는 불면증 때문에 병원에 갔습니다. ㄹ. 영희는 기분이 나빴습니다. 왜냐하면 귀신꿈 때문입니다. 　→ 영희는 귀신꿈 때문에 기분이 나빴습니다.

G114 「그러나」與「-(으)나」

品詞 / 意義：

1. 「그러나」：接續副詞 / 可是……；然而……

2. 「-(으)나」：連結語尾 / 可是……；然而……

說明：

1. 「그러나」為「그리하나」的縮減語，當前面內容與後面內容相反時使用的接續副詞。（見「例229」）

2. 「-(으)나」接於用言語幹後方，表示前文內容與後文內容相異的連結語尾。（見「例229」）

3. 철수는 키가 크다.（個子高）그러나 영희는 작다.（個子矮）

   → 철수는 키가 크나 영희는 작다.

例子：

（229）	ㄱ. 이 옷은 예쁘다. 그러나 값이 좀 비싸다. 　　→ 이 옷은 예쁘나 값이 좀 비싸다. ㄴ. 극장에 사람이 없었다. 그러나 좋은 영화였다. 　　→ 극장에 사람이 없었으나 좋은 영화였다. ㄷ. 영희는 많이 먹는다. 그러나 살이 안 찐다. 　　→ 영희는 많이 먹으나 살이 안 찐다. ㄹ. 영희는 한국에 유학 갔었다. 그러나 한국어가 별로 안 늘었다. 　　→ 영희는 한국에 유학 갔었으나 한국어가 별로 안 늘었다.

G115 「그렇지만」與「-지만」

品詞 / 意義：

1. 「그렇지만」：接續副詞 /（雖然……）但是……

2. 「-지만」：連結語尾 /（雖然……）但是……

說明：

1. 「그렇지만」為一接續副詞，使用於認定前文，但後文的內容為對立時。置放於後文的前方。（見「例230」）

2. 「-지만」為「지마는」的縮減語，它為一連結語尾。使用於認定前文，但後文內的內容為對立，且強調後文內容時。（見「例230」）

例子：

（230）	ㄱ. 조 선생님은 말이 없으시다. 그렇지만 엄마처럼 정이 많으시다. 　→ 조 선생님은 말이 없으시지만 엄마처럼 정이 많으시다. ㄴ. 네 말도 맞다. 그렇지만 우리는 다수 의견에 따라야만 한다. 　→ 네 말도 맞지만 우리는 다수 의견에 따라야만 한다. ㄷ. 모임에 같이 가기는 가겠다. 그렇지만 그 사람과는 말도 하지 않겠다. 　→ 모임에 같이 가기는 가겠지만 그 사람과는 말도 하지 않겠다. ㄹ. 그 식당은 비싸다. 그렇지만 맛은 좋다. 　→ 그 식당은 비싸지만 맛은 좋다. ㅁ. 한국은 눈이 온다. 그렇지만 건조해 춥지 않다. 　→한국은 눈이 오지만 건조해 춥지 않다.

(230)	ㅂ. 그 일은 아주 힘들다. 그렇지만 의의가 있어 피곤하지 않다.
	→ 그 일은 아주 힘들지만 의의가 있어 피곤하지 않다.
	ㅅ. 새로 나온 핸드폰이 좋다. 그렇지만 지금 갖고 있는 핸드폰도 좋다.
	→ 새로 나온 핸드폰이 좋지만 지금 갖고 있는 핸드폰도 좋다.
	ㅇ. 그녀는 마흔이 다 됐다. 그렇지만 아직 결혼하지 못했다.
	→ 그녀는 마흔이 다 됐지만 아직 결혼하지 못했다.
	ㅅ. 분홍색이 예쁘다. 그렇지만 보라색도 예쁘다.
	→ 분홍색이 예쁘지만 보라색도 예쁘다.

UNIT 15 寫作練習

1. 請針對下列題目,試著寫出《자기소개》

Q:이름이 무엇입니까?

A:_____

Q:국적이 무엇입니까?

A:_____

Q:직업이 무엇입니까?

A:_____

Q:전공이 무엇입니까?

A:_____

Q:취미가 무엇입니까?

A:_____

Q:특기가 무엇입니까?

A:_____

2. 請參考「예문」（例文）《우리 가족》，試針對下列問題寫出短文。
   （1）家人有誰？（2）家人做什麼？（3）家人聚在家中時做什麼？

예문 : 《우리 가족》

　우리 식구는 다섯입니다. 아버지, 어머니, 남동생 영수, 그리고 막내 여동생 영희입니다. 저의 아버지는 공무원이시고, 어머니는 가정주부이십니다.

　아버지는 타이베이 시청에 근무하십니다. 아침에 집을 나가서서 저녁때 돌아오십니다. 어머니는 낮에 집에서 살림을 하십니다. 청소도 하시고 빨래도 하십니다. 우리 형제들은 각자 학교에 가서 열심히 공부합니다.

　우리 식구는 집에 돌아오면, 오순도순 재미있게 하루 일과를 이야기 하면서 어머니가 차려주신 저녁을 맛있게 먹습니다. 우리 식구는 넉넉하지 않지만 행복하게 지냅니다.

쓰기연습 : 《우리 가족》 _____

_____

_____

_____

_____

_____

_____

_____

_____

3. 請參考「예문」（例文）《여보세요, 누구세요?》，寫出使用「누구」的會話句。

예문 : 《여보세요, 누구세요?》

따르릉 따르릉!

ㄱ : 여보세요. 누구세요?

ㄴ : DHL택배입니다. 임진유 씨 우편물입니다. 양명산에 와 있습니다.

ㄱ : 저는 오늘 학교에 없어요.

ㄴ : 그럼 누가 대신 받을 수 있나요?

ㄱ : 학과 조교를 찾으세요.

ㄴ : 네, 알았습니다.

쓰기연습 : 《제목 :   》

ㄱ :

ㄴ :

ㄱ :

ㄴ :

ㄱ :

ㄴ :

4. 請參考「예문」（例文）《연예인 김수현》，對於自己喜愛的韓流明星，寫出介紹文。

예문 : 《내가 좋아하는 한류스타 김수현》

　그는 한국 사람입니다. 1988년 2월16일에 태어났습니다. 그의 직업은 탤런트이자 영화배우입니다. 중앙대학교 연극영화학과를 졸업했습니다. 소속사는 키이스트 입니다. 2007년도에 MBC 시트콤 '김치 치즈 스마일'로 데뷔를 했습니다. 최근 인기를 끈 작품으로 '해를 품은 달'과 '별에서 온 그대' 등이 있습니다. 김수현은 한국에서도, 대만에서도 인기가 많습니다. 저처럼 많은 팬들이 그를 아껴주시고 성원해 주고 있습니다.

쓰기연습 : 《내가 좋아하는 한류스타 -　　　　　　》

_____

_____

_____

_____

_____

_____

5. 請試著寫出《자기소개》

쓰기연습 : 《자기소개》

_____

_____

_____

_____

_____

_____

6. 請針對下列題目，試著寫出答案。

Q : 이것이 무엇입니까? (볼펜)

A : _____

Q : 무엇을 주문하시겠습니까?

A : _____

Q : 졸업 후 무엇을 하고 싶습니까?

A : _____

Q : 지금 주머니에 무엇이 있습니까?

A : _____

Q : 한국에 가면 무엇을 사고 싶습니까?

A : _____

Q : 자기의 장점은 무엇입니까?

A : _____

Q : 자기의 단점은 무엇입니까?

A : _____

7. 請參考＜範例＞，使用敍述助詞「이다」對於事物進行說明。

＜範例＞

책상 → 이것은 집이나 학교에서 앉아서 책을 읽거나, 글을 쓰거나,

　　　사무를 보거나 할 때에 앞에 놓고 쓰는 물건입니다.

의자 → 이것은 _____

컴퓨터 → _____

핸드폰 → _____

안경 → _____

가방 → _____

도시락 → _____

지우개 → _____

공책 → _____

8. 請參考＜範例＞，使用敘述助詞「**이다**」寫出與我自己的關係。

＜範例＞

이모 → 이 사람은 제 친척입니다. 모두 제 외할머니의 딸입니다.

저희 어머니 자매로 나이는 어머니보다 많기도 하고 적기도 합니다.

아버지 → _____

친할머니 → _____

외삼촌 → _____

오빠 → _____

선생님 → _____

선배 → _____

후배 → _____

고모부 → _____

여자친구 → _____

9. 請參考＜範例＞，使用敘述助詞「이다」形容下列的場所。

＜範例＞

공원 → 이곳은 국민의 건강을 위해 마련한 실외 정원식 복지시설입니다.

　　　 여러 사람들이 와서 산보와 운동도 하며 즐겁게 쉬는 곳입니다.

동물원 → _____

대학교 → _____

도서관 → _____

극장 → _____

커피숍 → _____

야시장 → _____

편리점 → _____

맥도날드 → _____

피자헛 → _____

10. 請參考「예문」（例文）《여름 방학 이야기》，寫出上次放假去了哪裡？
    並且做了什麼？

예문 : 《여름 방학 이야기》

　　저는 이번 여름방학 때 한국 친구들과 과수원과 바다에 갔었습니다.

　　과수원에는 아주머니들이 덩굴마다 까맣게 익은 포도송이를 따서
바구니에 담고 있었습니다. 우리는 포도를 사서 그늘에 앉아 포도를 맛있게
먹었습니다. 포도는 달면서도 새콤했습니다.

　　그리고 친구들과 바다에도 다녀왔습니다. 여름 바다는 푸르고 시원하게
보였습니다. 모래사장에는 햇볕에 검게 탄 사람들이 많았습니다. 모두들
건강하게 보였습니다. 나는 수영도 하고 모래밭에서 달리기도 했습니다.

쓰기연습 : 《지난 방학》 _____

_____

_____

_____

_____

_____

_____

11. 請參考＜範例＞，寫出下週在何地做何事的計畫書。

> ＜範例＞
>
> 04 / 06(월) → 청명절이어서 할아버지께 성묘를 가야함.

＿＿ / ＿＿(월) → ＿＿＿＿＿＿＿＿＿＿＿＿＿＿＿＿＿＿＿＿＿＿＿

＿＿ / ＿＿(화) → ＿＿＿＿＿＿＿＿＿＿＿＿＿＿＿＿＿＿＿＿＿＿＿

＿＿ / ＿＿(수) → ＿＿＿＿＿＿＿＿＿＿＿＿＿＿＿＿＿＿＿＿＿＿＿

＿＿ / ＿＿(목) → ＿＿＿＿＿＿＿＿＿＿＿＿＿＿＿＿＿＿＿＿＿＿＿

＿＿ / ＿＿(금) → ＿＿＿＿＿＿＿＿＿＿＿＿＿＿＿＿＿＿＿＿＿＿＿

＿＿ / ＿＿(토) → ＿＿＿＿＿＿＿＿＿＿＿＿＿＿＿＿＿＿＿＿＿＿＿

＿＿ / ＿＿(일) → ＿＿＿＿＿＿＿＿＿＿＿＿＿＿＿＿＿＿＿＿＿＿＿

12. 請參考「예문」（例文）《설날》，寫出一篇介紹台灣新年的文章。

예문 : 《설날》

설날이 다가옵니다. 설날은 옛날부터 내려오는 뜻있는 큰 명절입니다.

설날이 돌아오면 새해를 맞을 준비를 합니다. 새 옷도 마련하고, 집안 청소도 합니다. 그리고 떨어져 살던 가족들이 모입니다. 새해 아침에는 새배도 하고 성묘도 합니다.

가족과 친척이 모이면 즐겁습니다. 그 동안 지낸 이야기도 정답게 나누 고 음식도 함께 만들어 먹습니다. 그리고 혹 멀리 있어서 바빠서 못 뵙는 어른과 친구에게는 전화로 안부도 묻고 새해를 축복하는 말로 새해에도 평안하고 건강하기를 기원합니다.

쓰기연습 : 《대만의 설날》

_____

_____

_____

_____

_____

_____

13. **請參考＜範例＞，對於朋友寫下新年的祈福語（*德談「덕담」）。**

> ＜範例＞
>
> 자영이에게 → 사랑하는 사람과 결혼해 행복한 가정을 이루어 잘 살고
> 있다지요! 축하해요.

에게 → _____

에게 → _____

에게 → _____

*所謂的德談「덕담」，就是期望他人有好事的話語，主要是新年期間常說
的話。原本是長輩對於晚輩說的，但時至今日則不限定是長輩對晚輩。

14. 請參考＜範例＞，寫出台灣人如何渡過節日。

＜範例＞

설날에는 (過年 / 新年)

→ 떡국과 만두를 먹습니다. 조상님께 차례를 지냅니다.

　　어른들께 새배를 합니다. 아이들은 새배돈을 받습니다.

설날에는 (過年 / 新年)

→ _____

대보름에는 (元宵節)

→ _____

청명절에는 (清明節)

→ _____

단오날에는 (七夕情人節)

→ _____

추석에는 (仲秋節)

→ _____

동짓날에는 (冬至)

→ _____

15. **請參考「예문」（例文）《공휴일의 하루 일과》，寫出一篇介紹台灣新年的文章。**

예문 : 《공휴일의 하루 일과》

　　오늘은 공휴일이어서 학교와 회사들이 쉬는 날입니다. 나는 오래간만에 늦잠을 잤습니다. 수업이 있을 땐 7시에 일어나지만, 오늘은 9시 반에 일어났습니다. 일어나 세수를 하고 아침을 여유있게 즐기며 먹었습니다.

　　오후에는 스린에서 친구와 약속이 있습니다. 스린역 근처 스타벅스에서 3시에 한국 친구와 약속을 했습니다. 그래서 우리는 근처의 스린 관저를 구경하고 저녁에 스린 야시장에 구경가려고 합니다. 거기서 대만 특유의 먹거리도 맛보고 필요한 물건도 사려고 합니다. 밤에는 친구와 전철을 타고 베이터우에 가서 온천도 하고 오려고 합니다.

쓰기연습 : 《　　　　　　　　　　》 _____

_____

_____

_____

_____

_____

16. 請參考「예문」（例文）的童謠《달》，創作出童謠《별》。

예문 : 《달》	쓰기연습 : 《별》
달, 달, 무슨 달, 쟁반같이 둥근 달. 어디 어디 떴나, 남산 위에 떴지.	별, 별, 무슨 별,
달, 달, 무슨 달, 낮과 같이 밝은 달. 어디 어디 비추나, 우리 동네 비추지.	
달, 달, 무슨 달, 거울 같은 보름달. 무엇 무엇 비추나, 우리 얼굴 비추지.	

17. 請參考「예문」（例文）《교내 운동회》，以《전국 한국어 말하기 대회》
為主題寫出一篇短文。

예문：《교내 운동회》

　오늘은 운동회날입니다.

　영희는 아침 일찍 학교 운동장으로 나갔습니다.

　9시가 되자 경쾌한 음악이 울렸습니다. 학생들과 선생님들이 운동장에 줄을
섰습니다.

　"몸이 튼튼해야 무슨 일이든지 잘 할 수 있습니다."

　총장님이 단 위에 오르셔서 말씀하셨습니다.

　이어서 우리는 체조도 하고, 농구 시합도 하고, 달리기도 하였습니다.

　선수들도, 구경하던 관중들도, 우리과도, 다른과도, 다같이 힘차게 박수를
치며 응원합니다.

쓰기연습：《전국 한국어 말하기 대회》

_____

_____

_____

_____

_____

18. 請參考＜範例＞，針對下列健康有關議題寫出短文。（1）必須要做什麼？
（2）必須不做什麼？

＜範例＞

음식을 먹을 때는, 단정히 앉아서 조금씩 꼭꼭 씹어 먹<u>어야 합니다</u>.

운동을 할 때는, ＿＿＿＿＿＿＿＿＿＿＿＿＿＿＿＿＿＿＿

잠을 잘 때는, ＿＿＿＿＿＿＿＿＿＿＿＿＿＿＿＿＿＿＿＿

＜範例＞

음식을 먹을 때는, 편식하거나, 큰소리로 떠들면서 먹<u>으면 안됩니다</u>.

운동을 할 때는, ＿＿＿＿＿＿＿＿＿＿＿＿＿＿＿＿＿＿＿

잠을 잘 때는, ＿＿＿＿＿＿＿＿＿＿＿＿＿＿＿＿＿＿＿＿

19. 請參考「예문」（例文）《한국 국군의 날》，以台灣的《雙十節》為主
    題寫出短文。

예문 : 《한국 국군의 날》

　오늘은 10월 1일 국군의 날입니다.

　영희는 텔레비전을 보았습니다.

　씩씩한 국군 아저씨들이 행진하며, 대통령께 경례하는 모습이 보였습니다.
모두 씩씩한 모습이었습니다. 그리고 멋진 군악대와 탱크가 단 앞을
지나갔습니다. 하늘에는 비행기가 날았습니다.

　국군은 나라를 지킵니다. 낮에도 밤에도, 비가 와도, 눈이 와도, 국군은 쉬지
않고 나라를 지킵니다. 국군의 날을 맞아 군인 아저씨들께 감사드립 니다.

쓰기연습 : 《대만의 쌍십절》 _____

_____

_____

_____

_____

_____

20. **請參考＜範例＞，針對各種職業的職責進行寫作。**

＜範例＞

군인은 → 국민들을 위해 나라를 지키는 일을 <u>하는 사람입니다</u>.

학생은 → _____

선생님은 → _____

대통령은 → _____

공무원은 → _____

연예인은 → _____

의사는 → _____

21. 請參考＜範例＞，針對韓國的國慶日與公休日進行說明。

＜範例＞

3월 1일은

→ 한국의 삼일절은, 1919년 3월 1일 일본제국주의에 항의해 한국 사람들이 나라의 독립을 주장하며 만세운동을 벌인 날을 기념해 민족의 단결과 애국심을 고취하기 위해 제정 한 국경일입니다.

5월 5일은 (兒童節 어린이날)

→ _____

7월 17일은 (制憲節 제헌절)

→ _____

8월 15일은 (光復節 광복절)

→ _____

10월 1일은 (國軍日 국군의 날)

→ _____

10월 3일은 (開天節 개천절)

→ _____

10월 9일은 (韓文日 한글날)

→ _____

22. 請針對台灣的國定節日進行說明。

2월 28일은 (2.28紀念日 2.28기념일)

→ _____

10월 10일은 (雙十節 쌍십절 국경일)

→ _____

10월25일은 (光復節 광복절)

→ _____

12월 25일은 (行憲紀念日 제헌절)

→ _____

23. 請參考「예문」（例文）《내 방》，練習寫作。

예문 : 《내 방》

　　나는 지금 하숙을 합니다. 내 하숙집은 학교 근처에 있습니다. 양명산이라 경치도 좋고, 통풍과 채광도 좋습니다. 그리고 하숙집 주인도 참 친절합니다. 내 방은 마루방입니다.

　　내방은 크지 않습니다. 내 방에는 옷장과 책상, 책장이 있습니다. 옷장에는 옷과 모자, 가방이 들어 있습니다. 책장에는 한국어 책이 많이 꽂혀 있습니다. 책상 위에는 컴퓨터와 음향이 놓여 있습니다. 저는 여자이어서 큰 거울도 필요합니다. 거울은 어제 스린 야시장에서 샀습니다. 내 방은 작지만 있을 건 다 있습니다.

쓰기연습 : 《내 방》 _____

_____

_____

_____

_____

_____

24. 請參考「예문」（例文）《화장실》，以《지하철역》為主題，寫出如何使用公共設施。

예문 : 《화장실》

　여러 사람이 유쾌하게 공공 화장실을 이용하려면, 화장지나 문고리 등 화장실에 있는 기물들을 아끼고 잘 보살펴야 합니다. 그리고 차례를 잘 지켜야 합니다. 다음 사람을 위해 사용한 휴지는 휴지통에 버리고, 변기 사용 후에는 물을 틀어 늘 깨끗하게 유지해야합니다.

쓰기연습 : 《지하철역》

_____

_____

_____

_____

_____

_____

25. 請參考「예문」（例文）《한국 사람의 장점》，以《대만 사람의 장점》
為主題，寫出台灣人的長處。

예문 : 《한국 사람의 장점》

　한국 사람들은 부지런합니다. 아침 일찍 일어나 자기 일을 시작합니다.
책임감도 강해서 오늘 할 일을 내일로 미루지 않습니다.

　한국 사람은 서로 잘 돕습니다. 이웃집의 일도 나의 일처럼 생각해 함께
걱정해 주기도 합니다. 어려운 일은 여럿이 힘을 모아 같이 합니다. 그래서
한국 전통의 겨울철 월동준비 김장담그기 문화는 유네스코 인류무형유산으로
등재가 되었습니다.

쓰기연습 : 《대만 사람의 장점》

_____

_____

_____

_____

_____

_____

_____

26. 請參考「예문」（例文）《생일 초대》，請模仿寫出邀請的文章。

예문：《생일 초대》

　　사랑하는 친구들에게,

　　다음 주 금요일 5월10일이 내 생일이야.

　　그 날 학교 앞 피자가게에서 생일 파티를 하려고 해.

　　평소에 친한 친구인 영희, 영수, 순희와 미옥이를 초대하려고 해,

　　내 생일 겸 우리들의 변함없는 우의를 위해 다들 참석해 주길 바래.

　　그 날 수업 끝나고 저녁 5시에 학교 정문 앞 피자집으로 오렴.

친구 혜미 가. 2015.5.5.

쓰기연습：《생일 초대의 글》

_____

_____

_____

_____

_____

_____

27. 請參考「예문」（例文）《내 친구》，寫出介紹朋友的文章。

예문：《내 친구-구로다》

　나는 일본 친구 한 명이 있습니다.

　그 친구는 일본에서 왔습니다.

　이름은 구로다이고 한자는 ○○○를 씁니다.

　구로다는 저와 같은 문화대 한국어과 1학년 학생입니다.

　우리는 언어교환도 하며 친해졌습니다. 수요일 저녁에는 제가 구로다에게 중국어를 가르쳐 주고, 금요일 저녁에는 구로다가 제게 일본어를 가르쳐 줍니다. 여름 방학 때는 구로다를 데리고 고웅 우리집에 가려고 합니다. 핑동도 가고 아름다운 컨딩도 보여 주려고 합니다.

쓰기연습：《내 친구 -　　　　　　　》

_____

_____

_____

_____

_____

28. 請參考「예문」（例文）《편지》，試著寫一封信給父母。

예문：《편지》

아버지와 어머니께,

아버지, 어머니 안녕하세요?

형과 동생도 잘있지요? 저는 잘 있습니다.

건강하고 학교 생활도 잘 하고 있습니다. 학교 선생님들도 친절하시고 친구들도 많이 사귀었습니다. 한국어는 문법과 발음이 어렵지만 재미있습니다. 이제는 글도 읽고 간단한 문장도 쓸 줄 압니다. 어머니는 아직도 한국 연속극을 즐겨 보시는지요. 다음에 집에 가면 어머니께 한국어도 가르쳐 드릴게요.

중간고사가 끝나는 다음 주말에 집에 가려고 합니다. 가게 되면 금요일 아침 전에 전화드리겠습니다. 혹시 타이베이에서 어머니께서 필요한 물건이 있으시면 말씀하세요. 갈 때 챙겨 가겠습니다. 안녕히 계세요.

둘째 진유 올림 2015. 4. 3

쓰기연습：《편지글》

_____

_____

_____

_____

_____

_____

_____

29. 請參考「예문」（例文）《서울 식당》，寫出介紹台灣知名商家的短文。

예문 : 《서울식당》

　　타이베이에는 한국 식당들이 많이 생겼습니다. 한국 식당에는 대만 사람들도 많이 갑니다.

　　저는 지난 주말에 한국 친구와 약속이 있어서 칭광시장 (晴光市場) 근처에 있는 서울식당에 갔습니다. 우리는 거기서 맛있는 돌솥비빔밥과 해물전도 먹고, 인삼차도 마시고, 이야기도 했습니다. 친구는 숫가락으로 비빔밥을 먹었지만 저는 젓가락으로 먹었습니다. 두 사람 식사 비용은 5백원이 안 되었습니다. 값도 저렴하고 음식 맛과 서비스도 좋아 손님이 많았습니다. 주말과 공휴일에는 손님들이 더 많아서 전화 예약을 해야 합니다. 저는 다음에 기회가 되면 가족들과 가서 유명한 설렁탕을 먹어보려 합니다.

쓰기연습 : 타이베이의 맛집-《딩타이펑 鼎泰豐》

_____

_____

_____

_____

_____

30. 請參考「예문」（例文）《日月潭 여행》，寫出台灣旅遊的遊記文。

예문 : 기행문-《日月潭 여행》

　　지난 주말에 한국 친구 두 명이서 대만 중부지방에 있는 일월담으로 여행을 갔습니다. 우리는 토요일 아침 일찍 타이베이 기차역 고속버스 터미널로 가서 國光號 일월담행 고속버스를 탔습니다. 버스 안에는 대만 사람도 있고, 외국인도 있었습니다. 그중에는 다른 한국 사람도 다섯 사람쯤 있었습니다. 저는 버스 안에서 한국말로 일월담의 원주민 신화 등을 소개해 주었습니다.

　　우리는 그 날 밤에 일월담 근처에서 민박을 했습니다. 그 민박 방은 깨끗하고, 값도 쌌습니다. 이번 여행은 한국 친구들과 같이 한국어도 연습해 참 재미있었습니다.

쓰기연습 : 기행문 -《　　　　　》

_____

_____

_____

_____

_____

_____

31. 請參考「예문」（例文）《한국어 알바》，介紹在課餘時間或週末進行的打工。

예문 : 《한국어 알바-중국어 가르치기》

　김 선생님 부부는 석 달 전에 한국에서 대만에 왔습니다. 김 선생님은 한국의 유명한 회사인 삼성에서 일합니다. 김 선생님은 대만에 오기 전에 중국어를 좀 배웠지만, 사모님을 중국어를 배우지 않아서 전혀 할 줄 모릅니다. 그래서 토요일 오전에 저에게 중국말을 배웁니다. 사모님은 요즘 중국어로 간단한 말을 할 줄 알아서 전철도 타고 시장도 갑니다.

쓰기연습 : 《　　　　　》

---

32. 請參考「예문」（例文）《한국의 사계절》，寫出介紹台灣氣候與生活的文章。

예문 : 《한국의 사계절》

　한국은 대만과 달리 봄, 여름, 가을, 겨울 네 계절의 변화가 뚜렷하다고 선생님께서 수업 시간에 소개해 주셨습니다.

　봄에는 날씨가 따뜻하고, 꽃이 많이 핍니다. 봄에 부는 바람을 '봄바람'이라고 합니다. 봄바람이 불면, 나비와 새들도 날아다니고 사람들도 벚꽃을 보러 봄소풍을 많이 갑니다.

　여름에는 대만만큼 무덥습니다. 그래서 수영장이나 산계곡, 해변으로 피서를 갑니다.

　가을에는 시원합니다. 선선한 바람이 불면, 나무마다 단풍이 듭니다. 그래서 가을에 등산을 다니는 사람이 특히 많습니다.

　겨울에는 춥습니다. 그리고 눈도 내립니다. 눈이 내리면 스키도 타고 눈사람도 만듭니다. 저는 기회가 있으면 매 계절마다 한 번씩 한국에 가 보렵니다.

쓰기연습 : 《대만의 기후》

_____

_____

_____

_____

_____

33. 請參考「예문」（例文）《한국의 과일》，寫出介紹台灣水果的文章。

예문 : 《한국의 과일》

　　한국도 대만처럼 과일이 많이 납니다. 한국에서도 늦은 봄부터 초겨울까지 과일이 납니다. 그러나 계절 과일이 뚜렷합니다.

　　오월에는 크고 단 먹음직스러운 딸기가 많이 납니다.

　　그 다음 여름에는, 참외와 수박, 복숭아가 납니다.

　　가을에는 새콤달콤한 포도, 또 한국을 대표하는 사과, 배, 감이 납니다.

　　한국은 계절 과일은 싸지만, 보편적으로 대만보다 과일 값이 비싼 편입니다. 과일을 좋아하는 대만 유학생들을 위해 금년에는 과일 값이 좀 쌌으면 좋겠습니다.

쓰기연습 : 《대만의 과일》

34. 請參考「예문」（例文）《시장 보기》，寫出文章描寫台灣的市場的樣貌
與購買經驗。

예문：《시장 보기》

　　나는 어제 하숙집 근처에 있는 시장에 갔습니다. 한국말을 잘 못해서 하숙집 주인 아주머니와 같이 가고 싶었습니다. 그러나 아주머니는 일이 있어서 결국 저 혼자서 갔습니다.

　　저는 오래간만에 샤브샤브를 해 먹으려고 정육점에 갔습니다. 쇠고기 한 근에 2만5천 원이었습니다. 저는 비싸서 한 근만 샀습니다.

　　양배추와 양파 등 채소도 샀습니다. 대만에서는 고려 배추라고 하는데, 한국에서는 서양 배추라고 하는 게 재미있습니다. 채소값을 깎고 싶었지만 한국말이 모자라서 그만 두었습니다. 그런데 과일 아주머니가 제가 외국 유학생인 줄 아시고 덤으로 더 주셨습니다. 한국 시장 인정미를 경험할 수 있어서 재미있었습니다.

쓰기연습：《대만의 시장》

_____

_____

_____

_____

_____

_____

_____

35. 請參考「예문」（例文）《병원에서》，寫出自己的類似經驗。

예문 : 《병원에서》

　양명산이 습하고 추워서 그런지 감기에 걸렸습니다.

　열도 나고, 기침도 하며, 몸살 감기가 났습니다. 아침도 못 먹고, 수업도 못 가고, 할 수 없이 병원에 갔습니다.

　병원 진료 수속을 밟고 진료 차례를 기다렸습니다. 의사 선생님한테서 주사와 약 처방을 받았습니다. 의료비는 건강보험이 있어서 450원으로 그리 비싸지 않았습니다.

　집에 와서 약을 먹고 잠을 잤습니다. 저녁에 친구들이 왔습니다. 선생님도 전화로 걱정해 주셨습니다. 다들 걱정해 주신 덕분에 지금은 식욕도 있고, 많이 나았습니다. 내일은 수업을 받으러 나갈 수 있습니다.

쓰기연습 : 《병원에서》

_____

_____

_____

_____

_____

36. 請參考下列例句的時制，並以正確的時制來回答問題。

> 왕 : 정선생님, 어디에 가십니까?
>
> 정 : 저녁에 친구와 약속이 있어 시내로 가고 있습니다.
>
> 왕 : 정선생님 댁은 어디입니까?
>
> 정 : 작년에는 학교 기숙사에서 살았지만, 지금은 베이터우에서 삽니다.
>
> 왕 : 가끔 한국에 갔다오십니까?
>
> 정 : 네, 일 년에 한두 번 갔다옵니다.
>
> 　　어머님을 뵈러 이번 여름방학에도 가려고 합니다.
>
> 왕 : 이런, 약속에 늦으시겠습니다. 어서 가보십시오.
>
> 정 : 그럼 먼저 가보겠습니다. 학교에서 또 뵙겠습니다.

Q : 정선생님은 지금 어디에 가십니까?

A : _____

Q : 정선생님은 아직도 기숙사에 사십니까?

A : _____

Q : 정선생님은 언제 한국에 갑니까?

A : _____

Q : 정선생님은 누구를 뵈러 한국에 가려고 합니까?

A : _____

Q : 정선생님은 저녁 약속에 늦었습니까?

A : _____

37. 請參考「예문」（例文），針對自己何時學韓文？向誰學韓文？以及如何
　　學韓文等，依據自己的經驗寫出介紹文。

예문：《한국어 공부는 어렵지만 재미있습니다.》

　　저는 작년 가을부터 한국어를 배웁니다. 배운지 벌써 6개월이 되었습니다.
발음과 회화는 1학년 때 한국인 정 선생님에게서 배웠습니다.

　　한국어 말하기는 아직도 어렵지만 재미있습니다. 다음달에 교내 한국어
말하기대회가 열립니다. 저도 참가하려고 신청했습니다. 내일 정 선생님과
발음 연습 약속을 했습니다. 열심히 연습해 보겠습니다. 정 선생님께서 시간을
내주셔서 감사했습니다. 선생님 말씀대로 매사 적극적인 학생이 되겠습니다.
그러면 제 한국어가 갈수록 진보될 것입니다.

索引

國家圖書館出版品預行編目資料

活用文法之韓文寫作＜初級＞ / 鄭潤道、鍾長志著
--初版--臺北市：瑞蘭國際, 2017.06
240面；19×26公分 --（外語學習系列；41）
ISBN：978-986-94344-4-7（平裝）
1.韓語 2.寫作法 3.句法

803.27   106003594

外語學習系列 41

活用文法之
韓文寫作 初級

作者｜鄭潤道、鍾長志・責任編輯｜潘治婷、王愿琦
校對｜鄭潤道、鍾長志、潘治婷、王愿琦

封面設計｜余佳憓・版型設計｜陳如琪、余佳憓・內文排版｜余佳憓

董事長｜張暖彗・社長兼總編輯｜王愿琦・主編｜葉仲芸
編輯｜潘治婷・編輯｜林家如・設計部主任｜余佳憓
業務部副理｜楊米琪・業務部組長｜林湲洵・業務部專員｜張毓庭
編輯顧問｜こんどうともこ

法律顧問｜海灣國際法律事務所　呂錦峯律師

出版社｜瑞蘭國際有限公司・地址｜台北市大安區安和路一段104號7樓之1
電話｜(02)2700-4625・傳真｜(02)2700-4622・訂購專線｜(02)2700-4625
劃撥帳號｜19914152 瑞蘭國際有限公司
瑞蘭國際網路書城｜www.genki-japan.com.tw

總經銷｜聯合發行股份有限公司・電話｜(02)2917-8022、2917-8042
傳真｜(02)2915-6275、2915-7212・印刷｜宗祐印刷有限公司
出版日期｜2017年07月初版1刷・定價｜400元・ISBN｜978-986-94344-4-7